Dornröschen hat Hunger.

Wahnsinn. Das alles. Aladin. Die Lust nach Dir.
Nach Deiner Seele. Deinem Körper. Deinen Küssen.
Und diese Bitternis. Und meine Liebe. Freund.
Und die Geschichten. Alle. Die. Im Schatten dort.
Da. In der langen Ecke. Du. Da lauert Missbrauch.
Missbrauch. Mein Marquis. Und Deine Bluttat.
Mörder. Dieses Messer. Das uns begleiten wird.
Wie Deine Worte. Viel zu viele. Die ich mit Dir teile.
Und für immer teilen werde. Es ist nicht Deine
Schuld. Ist unser Glück. Allein. Das alles
aufzuschreiben. Und aufs Neue zu durchforsten.
Müssen. Zu durchleben. Dürfen. Und nie
vergessen. Können. Und nie vergeben. Wollen.
Das ist die Antwort. Du. Sie macht mich stark.
Und schwach. Zugleich. Oh ja. Wir tragen sie.
Gemeinsam. Hand in Hand. Was bleibt uns sonst.
Das überwältigt mich. Und Dich. Das können wir
nicht fassen. In dieser Einsamkeit. Die einfach
keine Grenzen kennt. Sich selbst genügt. Und alles
weiß. Und alles ausspricht. Jedermann. In ihrer
Wut. In all dem Schmerz. Glaubt sie an uns. So
wie wir ihr. Macht. Ohnmacht. Eros. Tod. Gewalt.
Das heißt. Erwachen. Sein. Was uns bezwingt.
Entfacht.

PETER R. POLLMANN
Dichter.
Lebt in Köln.

Peter R. Pollmann

Dornröschen hat Hunger.
Der Krimi bleibt. Schwul.

Prosa

Bibliografische Information der Deutschen
Nationalbibliothek:
Die Deutsche Nationalbibliothek verzeichnet diese
Publikation in der Deutschen Nationalbibliografie;
detaillierte bibliografische Daten sind im Internet über
http://dnb.dnb.de abrufbar.

© 2022 Peter R. Pollmann

Herstellung und Verlag: BoD – Books on Demand,
Norderstedt

ISBN: 978-3-7557-9944-3

Dies Buch gehört sich selbst.

In the desert
I saw a creature, naked, bestial,
Who, squatting upon the ground,
Held his heart in his hands,
And ate of it.
I said, "Is it good, friend?"
"It is bitter—bitter," he answered;
"But I like it
"Because it is bitter,
"And because it is my heart."

- STEPHEN CRANE
In the Desert

Anrede.

Noch ist das Ende offen. Scheinbar. Noch tauschen wir uns aus. In nicht geteilten Wörtern. Sätzen. Träumen. Auch Erinnerungen. Sind wir zu Hause. Fallen. Finden. Stürzen ab. Ersaufen. Freund. Das ist der Weg. Da ist kein Ziel. Das bleibt das Risiko. Wir könnten uns auf weiter See verlieren.

Das macht mir Mut. Denn, wenn ich eines weiß, mein Freund. Es ist dein Feuer. Einzig. Dass ich in mir entfachen werde. Schonungslos. Was dich verbrennen wird. Was mich verhöhnt. Nach Strich und Faden. Immerzu. Das bleibt. Ein Nach-wie-vor. Ein Hab-ich-das-gesagt. Hellwach. Hellwach. Denn viel. So viel. Zuviel. Ist ständig möglich. Ganz unwahrscheinlich. Jederzeit.

Noch 123 Nächte. Einst. Und viel zu viele Kerle. Auch.

Ausrede.

Nein. Kaum zu glauben, dass wir uns einmal an die Gurgel gehen werden. Die Luft uns ausgeht. Uns um uns selbst bestehlen wird. In diesem Durcheinander. In diesem sturen, stolzen, blöden Einerlei. Wo die Erwartung sich die Hände reibt. Bestechen lässt. Und ihre Titten zeigt. Die alten Sprüche. Sich schamlos ihre falschen Taschen füllt. Mit unserer Gier nach Zuspruch. Beileid. Anerkennung. Wohlbehagen. Es ist nicht meine Schuld. Und doch. Die meine. Ich streue dich im Mondlicht. Liebster. Im Schatten. Dort. Da in der langen Ecke. Und in den Träumen. Und unter den Gefährten. Meines Kinderzimmers aus.

Noch 122 Nächte. Einst. Und viel zu viele Kerle. Auch.

Delikt.

Hier kommt der Brudermord, der Hammerschlag ins Spiel. Auch er ist käuflich. Jedermann. So werkeln, weben, spinnen wir. Bis uns der letzte Atemzug im Sonnenlicht den Arsch versohlt. Darin ist er geübt. Mein Freund. Wir reißen keine Bäume aus. Wir pflanzen. Du und ich. Das macht den ganzen Unterschied. Wir scheuchen. Labern. Grübeln. Stechen. Wir segeln. Wir verpassen uns. Das Eis ist dünn. Wird immer dünner. Dem kommen wir entgegen. Du und ich. Wir schießen. Treffen. Mach was draus. Und. Immer. Punkt. Genau. Vorbei.

Noch 121 Nächte. Einst. Und viel zu viele Kerle. Auch.

HECHT

Wo ist denn dein Freund hingegangen,
O du Schönste unter der Weibern?
Wo hat sich dein Freund hingewandt?
So wollen wir mit dir ihn suchen.

(aus dem Hohelied)

- JOHANN SEBASTIAN BACH
- PICANDER
Die Matthäus-Passion

Zinken.

Im Grunde hast du keine feuchten Träume, was mich betrifft. Ich weiß. Mein Freund. Das weiß ich wohl. Ein Männerkörper inspiriert dich nicht.

Sie trägt im Winter diesen süßen Tropfen an der Nasenspitze, wenn sie friert. Ihr krauses Haar ist lang und weich und feuerrot. Doch wenn sie lächelnd ihre Hüften wiegt, dann zeigt sie diese krasse Lücke zwischen ihren Zähnen. Ich weiß. Du bist verrückt nach ihr. Hör zu. Auch wegen dieser Sommersprossen.

Oh ja. Ich glaube dir aufs Wort, mein Freund. Die Halbwertszeit jedoch ist kurz. Wird immer kürzer. Der nächste Kerl erwartet dich bereits. Das rieche ich. Ich kann dich hören. Dann wird die alte Leier wieder aufgetischt. Taufrisch. Nachdem. Und je nachdem. Wie gut du dich bei ihm entladen hast. Kann sein. Schon möglich. Ja. Kommt hin. Das habe ich gesagt.

Die Zigaretten für den Heimweg, die du forderst, entspannen dich. Bereits. Das ist dein Recht. Vielleicht. Ist ihre Pflicht. Bestimmt. Zieh weiter. Du. Ich danke dir für alles. Jederzeit. Und. Gute Nacht. Adé.

Noch 120 Nächte. Einst. Und viel zu viele Kerle. Auch.

Calamus.

Danach liegst du in meinen Armen, Liebster, und erzählst Geschichten. Du streichelst mich dabei. Du bist erregt. Du schwitzt. Du bleibst am Ball. Denn in Berlin, Berlin, wird alles anders werden, wie du sicher weißt.

Dort nämlich fallen Sugardaddys aus den Wolken, wenn du mit leichter Hand im Leopardenjäckchen die Nacht umfangen und deine Strippen ziehen wirst. Kein Angebot kann jemals vor dir sicher sein. Das Wort legst du mir in den Mund. Schlag zu.

Schlag zu. Das sind Gedankenspiele, die uns Hoffnung machen, so wie der Duft nach ausgebrannter Lust mir keine Wünsche offen lässt. Das zahlt sich für dich aus. Mein Freund. Schlag zu.

Schlag grundlos zu. Ich schließe meine Augen. Selig. Ich döse weg. Was sonst. Ich freue mich mit dir. Berlin.

Noch 119 Nächte. Einst. Und viel zu viele Kerle. Auch.

Payoff.

Das Laken ist noch warm. Du hast mich ziemlich lieb. Ich weiß. Die Reue hält nicht lange an. Du bist ein Mann von Welt. Die Kontinente schätzen dich. Sie sind mit dir per Du.

Du trinkst den Kaffee schwarz. Du rauchst. Du frierst. Du stehst am Kai. Der Schlachtermantel kleidet dich. Der spitzt die Opfer an. Die schon im Schatten auf dich lauern.

Doch noch ist Zeit. Ich weiß. Du träumst. Du zählst die feuchten Scheine. Immerzu. Die Hand. Die dich begrüßt. Sich dir entgegenstreckt. Ist windelweich. Und zuckersüß. Das stimmt.

Doch wenn du endlich das Motorrad zwischen deinen Schenkeln spürst. Berlin. Berlin. Der Hammer. Juckt. Dann hält sie sich mit beiden Armen, allen Träumen, an dir fest. Ihr saust dahin. Im Morgenlicht. So wird der Einsamkeit, der Gier nach mehr, nach immer mehr, die Luft geraubt. Schon der Gedanke daran stimmt dich froh. Du lächelst. Scharf. Du nimmst die Fährte auf. Du kennst die Regeln. Nur zu gut. Der Bock. Die geile Sau dahinten, die du noch diese Nacht erlegen wirst, wird jeden Beitrag dazu leisten wollen. Das habe ich gesagt.

Noch 118 Nächte. Einst. Und viel zu viele Kerle. Auch.

Stilecht.

Die Bilder gleichen sich. Verflucht. Doch die Gesichter wechseln. Launisch. Schnell. Und diese Hand, ist eine Hand von vielen, die du mit beiden Händen wischt.

Die Worte kommen ganz von selbst. Sie sind Musik in meinen Ohren. Sie untermalen deinen Film. Die Schleife. Freund. Du präsentierst mir das Gewehr. Die Mündung. Feuer. Damokles.

Mit Macht. Die großen, grünen Augen nehmen mich gefangen. Sie halten unerbittlich fest, wie ich Gefallen an dir finde. Das fesselt dich. Das reicht. Vollkommen. Das nimmst du mit nach Hause. Lieber Mann. Wo sie dich vor dem uferlosen Meer, dem alten Gnom, bewahren wird.

Sie stillt die Lust. Sie überlässt dir einen Körper. Es schläft sich gut in ihren Tränen. Erstklassig. Spitze. Wunderbar.

Und nur da hinten, da in der spitzen Ecke, da im Dunkeln, hockt ein Insekt, das dir zu schaffen macht. Mit seinem Zirpen. Tu nicht so.

Noch 117 Nächte. Einst. Und viel zu viele Kerle. Auch.

Zeiger.

Sie schläft.

Hellwach. Denn wenn du ihren Atem hörst, der tief und regelmäßig gleich neben dir so Seit an Seit in einer fernen fremden Welt zu Hause ist, dann sträuben sich die Nackenhärchen. Du. Dann packt dich blinde Wut. Auch Scham.

Dann wird dir klar, wie weit, wie weit du schon gegangen bist. Dann willst du weiter gehen. Du. Mein Herz. Du bist entschlossen. Wild. Mag sein. Vielleicht sogar dazu verdammt.

Noch 116 Nächte. Einst. Und viel zu viele Kerle. Auch.

Finger.

So gibst du dich Gedankenspielen hin, die deine Fantasie. Die deine Lust. Mit Vorsatz in den Abgrund führen. Aladin. Dann tust du etwas, das dich wochenlang beschämen wird. Das weißt du nur zu gut. Oh ja. Doch dieses Wissen bringt dich nicht davon ab. Mein Freund. Im Gegenteil.

Du bittest ihn darum. Du hauchst den Namen deines Meisters. Tief in ihr Ohr. Mein Gnom. Der alte Gnom. Er führt die Hand. Er lässt sich lange, lange bitten. Dich lange zappeln. Lange. Lange Zeit. So. Und nicht anders nämlich. So brechen alle Dämme. Dann hält dich nichts mehr auf. Du hast die Schwelle überschritten. Er. Du lässt den Tränen freien Lauf. Du weißt. Das stimmt. Das macht dir Angst. Er sieht dir zu. Dabei. Wenn gleich.

Noch 115 Nächte. Einst. Und viel zu viele Kerle. Auch.

Halt.

Es geht. Es muss. Es führt kein Weg zurück. Daran vorbei. Gib nach. Hör zu. Gib auf. Lass los. Die Mama hält die Zeit nicht auf. Nicht. Niemals. Nie. Die Wellen. Rauschen. Über Nacht. Nun tu nicht so. Ich weiß. Du darfst. Du willst. Du kommst. Bekommst. Schlag zu. Mit einem derben Schlag. Dein Schmerz. Dir eingebläut. Die Uhr.

Die Uhr an seinem Handgelenk. Allein. Sie schärft dir dein Verhängnis ein. Sie ist ein Erbstück und aus purem Gold.

Noch 114 Nächte. Einst. Und viel zu viele Kerle. Auch.

Kino.

Du stöhnst.

Okay. Du drückst die Zigarette aus. Das war's. Erledigt. Du musst los. Du ziehst dich wieder an. Mein Freund. Ich sehe dir vom Bett aus dabei zu.

Und all die Wörter, sehnig, spitz, die du im Abspann auf die Leinwand schickst, sind wohl erprobt. Geschmeidig. Silber. Gold. Sie machen Spaß. Sie überzeugen mich. Die Aussicht ist perfekt.

Noch 113 Nächte. Einst. Und viel zu viele Kerle. Auch.

Riss.

Kein Zweifel. Nein. Der Titel stimmt. Du bist ein Glücklicher. Du ruhst in dir. Bleibst auf der Hut. Und nimmst das Geld. Die großen, leeren Worte brauchen Stoff. Gelegenheit. Was sonst.

Mach's gut. Mach's besser. Du. Oh ja. Sie wird dir ewig dankbar sein für jede Lüge, je nach dem, mit der du ihr Gesicht, geleckt, taufrisch, mein Sonnenschein, zum späten Frühstück überraschen kannst.

Gemach. Demnächst. Wenn gleich. Oh ja. Die Möglichkeit. Dein Einmaleins. Schließt das nicht aus. Das stimmt. Exakt. Das habe ich gedacht.

Noch 112 Nächte. Einst. Und viel zu viele Kerle. Auch.

Phallus.

Es ist soweit. Die Frist ist um. Es juckt dich wieder in den Fingern. Mensch. Da regt sich was. Die Mama. Mama weiß Bescheid. Sieht weg. Und Leinen los. Gemach.

Ihr warmer Körper nämlich, ihr Geruch und die Geborgenheit, die du in ihren Augen findest, Freund, sie reichen dir nicht mehr. Sie macht dich krank, die neben dir, mit diesen Bitten, Fragen, dem irren Durst nach Nähe. Zärtlichkeit. Denn das ist wahr. Sie weiß Bescheid. Kennst, Mama, meinen Schmerz. Und seine Gier nach mir. Du kennst die Lust. Kennst jeden Laut. Hörst weg. Mein Herz. Hör. Mama. Weg. So weit. Soweit. So. Bitternah.

Noch 111 Nächte. Einst. Und viel zu viele Kerle. Auch.

Lauf.

Es reicht. Es reicht. Es geht nicht weiter. Nein. Auf diese Art. Du suchst den Kick. Das Leere. Hoffnungslose. Graue Nichts. Du kennst, was dich erwarten wird. Ganz einfach. So. Und zwischendurch. Ein Stündchen. Nur. Nur eine Runde. Noch. Geschnitten. Geil. Du brauchst das rohe, fremde Fleisch. Du willst dich unterwerfen. Lassen. Niederzwingen. Dürfen. Das ist der Weg. Dein Weg. Allein. Der Ausweg, der dir offensteht. Uns bleibt. Nach dir verlangt. Zeigt seine Tränen. Du. Schlägt zu.

Noch 110 Nächte. Einst. Und viel zu viele Kerle. Auch.

Davor.

Du kennst die Orte. Wichst. Die dein Verlangen stillen werden. Wichst. In dieser Nacht. Schlag zu. Schlag zu. In diesem Augenblick. Ein Flüstern. Hände. Kein Verstand. Sie rauben dir dein Recht. An dir. Die Hände. Arme. Schulten. Zungen. Sein Speichel. Wichst. Zumindest jetzt. Zumindest dieses eine Mal. Zum ersten. Und zum letzten Mal. Du stellst dich schlafend. Reißt deine Augen. Höllisch. Auf. Bist pünktlich. Treu. Zu haben. Fleisch. Dein Mutterherz. Mach. Platz.

Noch 109 Nächte. Einst. Und viel zu viele Kerle. Auch.

Park.

Du blickst zur Seite. Der. Und tust ganz einfach so, als hätte es die blinden Stunden zwischen uns niemals gegeben. Dem.

Das schärft die Waffen. Der und wer. Das schätze ich an dir. Das ist dein Traum. Und dies und das. Kommt nicht in Frage. Nein. Zur Sache. Hier und gleich. Und sowieso. Dies ist die Nacht, mein Freund, versprochen, Damokles, in der du dein Revier markieren wirst. Zieh weiter du. Sieh weg. Und doch. Du wichst. Du keuchst. Du bist dabei.

Noch 108 Nächte. Einst. Und viel zu viele Kerle. Auch.

Akkord.

Doch wenn du aus Berlin, Berlin, wo du nie warst, wo du nie angekommen bist, zurück sein wirst, dann führt dein Weg, die Sehnsucht dich, mein Aladin, schnurstracks in mein Bett.

Das ist dein Traum. Du. Spinner. Seidenspinner. Mach dir nichts vor. Das war bisher bei jedem so, der das gelobte Land woanders finden wollte. Denn. Du bist gut. Die fremden Betten jagen dich. Träum weiter. Demagoge. Scharlatan. Das ist Beschiss. De Sade. Und du. Und nimmt mir jede Achtung vor dir weg.

Noch 107 Nächte. Einst. Und viel zu viele Kerle. Auch.

Eklat.

Das hat mit Reue. Alles. Oder Einsicht nichts zu schaffen. Du. Es ist die nackte Feigheit, die dich zu mir lenkt. Und die Gewissheit, dass ich dir vergeben werde. So hilf mir Gott. Und deine hemmungslose Niedertracht. Du kannst nicht anders. Du bist geil auf mich.

Das ist dein Traum. Natürlich. Du. Und je nach dem. Ich warne dich. Darauf bin ich gefasst. Ich weiß. Ich weiß. Das habe ich gesagt. Du bist das Licht. Am Ende. Du. Die Mama. Du. Nur eben, dass der Tunnel feuchte Träume hat, verlassen dämmert. Und hässlich juckt. Und grässlich stinkt. Das habe ich getan.

Noch 106 Nächte. Einst. Und viel zu viele Kerle. Auch.

D'accord.

Für eine Nacht, nicht länger, nein. So wirst du mich in jener fernen Nacht versöhnen. Freund. Denn das ist alles, was du von mir ergattern kannst und willst und brauchst. Und alles, was ich dir im Gegenzug verweigern, überlassen werde. Ein Märchen. Schön. Und einwandfrei. Es schläft das Land. Und keiner wacht. Kein Wecker. Wecker. Alles Quatsch. Demnächst. Gemach. Das redest du mir ein.

Noch 105 Nächte. Einst. Und viel zu viele Kerle. Auch.

Perdue.

Das ist dein Traum. Und niemals meiner. So bleiben wir im Spiel. Oh ja. Die Geilheit zählt. Sie hält uns mühsam bei der Stange. Immerhin. Der alte Gnom, der dir im Nacken hockt, ist ein Geschenk. Von meiner Seite. Zumindest sagst du das. Zu mir. Schlag zu. Schlag zu. Mir in die Fresse. Volle Wucht. Die ganze Wut. Die ganze Lust. Die mir im Herzen brennt. Das stimmt. Das habe ich gedacht. Getan. Das habe ich gesagt.

Noch 104 Nächte. Einst. Und viel zu viele Kerle. Auch.

Köln-Paris.

So zollen wir der Einsamkeit auch ohne Führer-
schein Tribut. Das ist. Das bleibt. Dein Traum.
Von mir. Von dir. Von überall. Oh ja. Schlag zu.
Schlag zu. Schlag zu. Dein Hirngespinst wird
niemals, niemals meines werden. Alter Wichser.
Ich bin nicht Schwul. Phantast. Ich kenne dich.
Du schwatzt mich willig. Lüstern. Stumpf. Das
habe ich gewollt. Adé.

Noch 103 Nächte. Einst. Und viel zu viele Kerle. Auch.

PANTER

O toi que j'eusse aimée, ô toi qui le savais!

- CHARLES BAUDELAIRE
A une passante

Bewusstsein.

So schläfst du lange. Träumer. Viel zu lange. Die Mündungsfeuer überfallen dich. Die Bilder. Jagen. Die Gelegenheiten. Mal wieder. Wieder. Immerzu. Sie tollen. Wüten. Springen. Und verlieren sich. Entzweien uns. Ergeben keinen Sinn.

Die Fäulnis, die dir auf der Zunge liegt, die dich belauert. Sie erinnert dich an mich. Ganz unwahrscheinlich. Und an die Küsse. Feuchte Lippen. Die nach Bier, Lust, Geilheit, Sperma, Pisse und Zigaretten schmecken. Du wirst dich duschen müssen. Und zwar gründlich. Gründlich. Gurgeln. Gurgeln. Weg damit. Nur weg damit. Mein Freund. Das bin nicht ich. Das ist ein anderer in mir. In dir. In uns. Zum Zeitvertreib.

Noch 102 Nächte. Einst. Und viel zu viele Kerle. Auch.

Bad.

Der fremde, hundsgemeine Speichel stößt dir sauer, bitter auf. Es ist die Haut des namenlosen Körpers. Mannes. Und seine Hände. Hände. Und diese Gier nach deinem Leib. Die trüben Blicke. Und all die Worte. Die du dabei hauchst. Die ihn ermutigen. Verbrennen. Die dich in Atem halten. Dich verschlingen. Müssten. Müssen. Das muss jetzt weg. Das muss jetzt alles runter. Muss ausgehalten werden.

Denn wenn du ihr, O Mama, Mama, gegenüber trittst. Kein Wort davon. Und euch der Frühling, heller Tag, gefangen nimmt, als wäre nichts geschehen. Und. Weiter. Nichts. Dabei. Gewesen. Wenn du ihr also gegenübertrittst. Als wäre sie das Du, dem deine ganze Liebe gilt. Kein Wort davon. Sie wusste alles. Alles. Freund. Dir wird vergeben werden. Aladin. Allein. Du fürchtest dich davor. Oh ja. Das ist dein Traum. Phantast. Du geile Sau. Nicht meiner. Deiner. Nimmermehr. Das redest du mir ein.

Noch 101 Nächte. Einst. Und viel zu viele Kerle. Auch.

Völlig.

Du bist allein. Wichst wie besessen. Dein Puls. Dein Herz. Gibt keine Ruhe mehr. Der Schwanz. Ich bin Erinnerung und nie, und niemals nur das Ende der Geschichte.

Lass los. Mich los. Du. Schwein. Du alter Gnom. Mein Freund. Wird niemals. Niemals. Deiner. Du. Mein Traum von mir. Was dir entgangen ist. Was dich verrückt. Ich weiß. Ich weiß. Das will der Mai. Der Mai. Von uns. Zeigt seine blöde Fratze. Uns. Denn ich will mehr. Will mehr von dir. Von dir allein. Mein Immerzu. Mein glatter. Hübscher. Nimmersatt. Kein Wort zu ihr. Kein Wort von dir.

Noch 100 Nächte. Einst. Und viel zu viele Kerle. Auch.

Verzicht.

Dann türmen sich Gedanken vor dir auf. Und. Schwarze. Löcher. Traurigkeiten. Ein Wirbel. Der dich anzieht. Mitreißt. Dich umkreist. Dann hilft dir nichts. Mein Freund. Dann wird dir jeder Weg zu weit.

Du liegst im Bett. Du rauchst. Du trinkst Kaffee. Du zählst die Muttermale, die deinen schlanken Körper übersäen. Weiße Haut.

Du räkelst dich. Du schließt die Augen. Fremde Betten. Fremde Haut. Du denkst an Übersee. An Sommersprossen. Wangenknochen. Brüste. Ihre Scham.

Du spielst an dir. Das ist mein Traum. Du lässt dir Zeit. Und diese Stimme, ihre Stimme, meine Stimme, rasch und rau, dein lang gestreckter, zäher Hals. Oh ja. Die weiche Innenseite ihrer Oberschenkel. Es reicht. Oh nein. Das tragen wir jetzt aus.

Noch 99 Nächte. Einst. Und viel zu viele Kerle. Auch.

Genuss.

Du. Einerlei. Du. Immerzu. Das drängt. Das passt. Das forderst. Du. Und ihre Lippen, Lippen öffnen sich. Sie kommen dir entgegen. Du. So feucht. So fest. Erbärmlich warm. Verpasste Chancen. Immerzu. Und Wehmut. Starre. Immerzu. Und Schmerzen. Du. Begleiten dich. Dein Leben lang zum Höhepunkt. Sie lösen sich. In freiem Fall. Im Ungefähren auf. Und brechen. Du. Auch das Versprechen. Immerzu. Verschwinden. Sang- und klanglos. Einwandfrei. Das ist kein Thema. Nicht für mich. Du fällst zurück. Du. Das war gut. Echt geil. Das war notwendig. Jetzt. Und willst alleine sein. Nichts sonst. Für dich. Für mich. Mein Aladin. Allein. Kein Wort. Dabei. Kein Wort von uns. Kein Wort davon zu ihr.

Noch 98 Nächte. Einst. Und viel zu viele Kerle. Auch.

Niemals.

Ich sehe dich. Du weißt. Genau. Dass ich dich sehen werde. Freund. Ich streife deine Hüfte mit der Hand. Ich möchte, dass du mir von ihr erzählst. Will alles wissen. Dabei. Zusehn. Hören. Dich und sie. Und jeden Laut. All deine Lust. Träum weiter. Freund. Du weißt. Lass los. Die Gleichung hat zu viele Unbekannte. Ich weiß. Mein Freund. Mein Aladin. Du holst das Äußerste aus mir heraus.

Noch 97 Nächte. Einst. Und viel zu viele Kerle. Auch.

Aderlass. I

Die Stille, die dein Herz umschließt. Sie hat sich damit abgefunden. Sie kennt dich besser als du selbst.

An solchen Tagen, Aladin, bist du zu nichts mehr zu gebrauchen. Du malst. In Öl. Du schreibst. Du rauchst. Du kochst für dich. Du spielst Klavier. Zumindest tust du das in deinen Träumen. Käfer. Es sind die deinen, Meister. Meine. Deine. Ein. Wieder. Wieder. Immerzu.

Noch 96 Nächte. Einst. Und viel zu viele Kerle. Auch.

Aderlass. II

Du sitzt am Tisch. Du trinkst Kaffee. Du rauchst. Du schreibst Gedichte. Verse. Freund. Denn. Irgendwie. Und irgendwann, du weißt nicht wo, du weißt nicht wie, wird sich die Lösung, deine Antwort finden. Müssen. Was sich nach Wahrheit. Anfühlt. Tiefe. Und auch so riecht. Mein. Nimmersatt. Sag mir die Wahrheit. Wahrheit. Über mich. So kommen wir zur Sache. Damokles. Kein Wort. Das Ende. Du und ich. So gehen wir uns aus dem Weg. So fallen wir. So lieben wir. Mein Bruderherz. Das stimmt.

Noch 95 Nächte. Einst. Und viel zu viele Kerle. Auch.

Aderlass. III

Ganz harmlos. Bluthund. Unverdächtig. Nur keine Fragen. Bitte. Zwischendurch. Und kein Gewimmer. Käfer. Einfach Sex. Noch bist du weit, noch nicht so weit, unsagbar weit davon entfernt. Das Zeichen. Freund. Mein Aladin. Auf deiner Stirn. Das bleibt. Das richtet dich. Das hindert mich daran. Oh ja. Will ausgesprochen sein. Mein du. Mein Rück-mir-nicht-mehr-auf-den-Pelz.

Das stimmt dich traurig. Immerfroh. Das macht mir Angst. Das schmeichelt dir. Die Synonyme. Sind dein Traum. Von mir. Von dir. Ein Glück. Das rührt. Das mich nicht trifft. Nicht uns. Und dich nicht einen Augenblick berührt. Wir sind. Ein Synonym. Dafür. Das Pseudonym. Was soll's. Adé. Adieu. Auf Wiedersehen. Von Tränen. Mama. Keine Spur.

Noch 94 Nächte. Einst. Und viel zu viele Kerle. Auch.

Therapie.

Du malst dir also weite Reisen. Aus. Machst kühne Pläne für die Zeit danach. Im Sonnenschein. Im Butterschmalz. Dein Synonym. Berlin. Berlin. Die Masken. Freund. Begleiten dich. Sie halten Wort. Weil du mit deinem Blut die Rechnung gern begleichen wirst. Und je nach dem. Und. Kann schon sein. Das weiß. Die geile Sau. Die vor dir kriecht und bettelt. Freund. Das macht was her. Macht Lust auf mehr. Ein Meer. Von Maskeraden. Du. Ein. Dankeschön. Du. Leck mich mal. Denn dir ist alles, jede recht. Und richtig billig sind sie auch. Zu haben. Wenn du sie abonnierst. Dich auf ein hübsches, tolles Jahr verpflichtest. Freund. Ein guter Mann. Mein lieber Mann. Der Teufel. Er kommt mit der Post. Freihaus. Und. Ganz diskret. Wie wahr.

Noch 93 Nächte. Einst. Und viel zu viele Kerle. Auch.

Reisen.

Dann tauchen Orte, Wesen und Geschichten vor dir auf, die dich erwarten. Werden. Pseudonym. Fest mit dir rechnen. Käfer. Synonym. Und auf dich zählen. Kläffer. Synonym. Dann bist du deiner Sehnsucht auf der Spur. Obwohl du weißt, dass sie dich nicht sehr lange tragen wird. Kann sein. Mag sein. Und je nach dem. Lässt du dich auf sie ein. Der Motor. Läuft. Rennt. Wie geölt. Die Maske. Juckt. Im Schritt. Das hab ich nie gesagt. Kein. Synonym. Oh weh.

Noch 92 Nächte. Einst. Und viel zu viele Kerle. Auch.

Oktober.

Und denkst an mich. An meine Zärtlichkeiten. Meine Stimme, die dich zum Abschied grausam niederschrie. So kamen wir zum Schluss. Das stimmt. Vermischen. Uns. Entfesseln. Uns. Für heute. Heller Tag.

So finden wir den Weg. Zurück. In diese Nacht. Zurück. Du schließt die Tür. Und damit Schluss. Du atmest durch. Das stimmt. Ich atme. Atme. Immerzu. Nur hohe Worte. Bilder. Herrlichkeiten. Und Trophäen. Elfenbein. Ein Schnitt. Mein Herz. Ein Immerfort. Es schneit. Mein Freund. Zu früh. Zu früh. In diesem Jahr. Es schneit. Das habe ich gedacht.

Noch 91 Nächte. Einst. Und viel zu viele Kerle. Auch.

November.

Der Lärm der Straße, der dich jetzt umwirbt, weiß punktgenau, was du von ihm erwarten kannst. Es schneit. Es schneit. Das ist. Das bleibt. Zu früh. Zu spät. In diesem Jahr.

Er schenkt es dir. Ganz ohne Vorbehalt. Nimmt er sich deiner nackten Seele an. Dein Meister. Der aus Übersee. Der mit der breiten, weiten Jacke. Der. Natürlich. Gerne. Du. Sehr gern. Komm her. Komm mit. Auch über Nacht. Kann sein. Es schneit. Es schneit. Das darf nicht sein. Zu früh in diesem Jahr. Das stimmt. Das war. Das habe ich getan.

Noch 90 Nächte. Einst. Und viel zu viele Kerle. Auch.

Dezember.

Solange du ihm stumm ergeben und zu Willen bist. Dich biegen, beugen, treiben lässt. Und die Gewissheit, dass er sich in dir verlieren wird, erniedrigt dich. In diesem Jahr. Ein langes Jahr. Es schneit. Es schneit. Es schneit zu früh. In diesem Jahr. Das stimmt.

Das wirkt. Das hält. Befeuert deine Lust. Die Geilheit weiß, allein, was du von ihr erwarten kannst. Sag mir die Wahrheit. Reiner Wein. Sie lässt dich nicht im Stich. Die Wahrheit. Wahrheit. Ich beschwöre dich. Die ganze Wahrheit. Über mich. Mein Pseudonym. Mein Augenstern. Ich bin verrückt. Verrückt nach dir.

Noch 89 Nächte. Einst. Und viel zu viele Kerle. Auch.

Kastanien.

Du kannst der Dunkelheit, der süßen Luft, dem Ruf der Mündungsfeuer nicht widerstehen.

Das ist Magie. Mein Freund. Sie bietet sich dir an. Sie hält die Träume. Volle Lippen feucht. Sie lässt sich gehen. Du. Die Zunge dieses Unbekannten. Du weißt. Sie liebt den frisch rasierten, glatten Sack. Das macht dich aus. Du zeigst sie gern. Sie sind dein ganzer Stolz. Oh ja. Die prallen, drallen Eier überzeugen. Sie machen Mut. Sie halten sich bereit. Wie ein Geschenk.

Nur keine Hast. Die Nacht ist jung. Wir sind dabei. Du träumst dich willig. Rauchst. Du trinkst. Du suchst das Netz nach Gleichgesinnten ab. Dies ist dein Stammplatz. Du. Zum ersten Mal. In diesem Jahr. Der reinste Zufall. PEP. Ist wahrhaft. Gut. Gewählt.

Noch 88 Nächte. Einst. Und viel zu viele Kerle. Auch.

Feuer.

Die Blicke kreisen. Schwimmen. Finden dich. Die Maske drückt. Der Kragen spannt. Du gibst dich zugeknöpft. Bis obenhin. Das letzte Loch. Zum ersten Mal. Der reine Zufall. Auf dieser Bank. Die letzte Runde. Du. Das funktioniert. Mein Freund. Da geht was ab. Du rauchst. Das lässt sich sehen. Ganz bestimmt.

Du kaust dein Kaugummi. Gelassen. Locker. Das macht dich uneinnehmbar. Arrogant. Das hält dich wach. Das fordert mich heraus. Der reinste Zufall. Echt. Zum ersten Mal. In diesem Jahr. An diesem Tag. Du findest immer, jederzeit, was dich erniedrigt, dir zu Willen ist. Dich übernimmt. Mein Herz. Es schneit zu früh. Mein Vielzuspät. Das zahlt sich aus. Sie hält dich warm. Die Tour. Das macht dir. So schnell. Keiner vor. Und nach. Wie vor. Adé.

Noch 87 Nächte. Einst. Und viel zu viele Kerle. Auch.

Asche.

Mensch. Scheiße. Scheiße. Du. Der bin nicht ich. Mein Aladin. Den deine Fantasie dir vortäuscht. Scheiße. Unentwegt. Ich bin nicht der. Der bin ich nicht. Der dir den Schlaf raubt. Nimmersatt. Der meiner Geilheit Zunder gibt. Indem du dich entziehst. Verweigerst. Mich belügst.

Ach. Scheiße. Mensch. Mein Synonym. Mein Leckmichmal. Den Rest der Nacht. Gib nach. Komm her. Und mach die Beine breit. Ich rieche. Wichse. Und erkenne dich. Wenn der Gestank von deinen Kippen da. Im Zimmer stockt. Mich unterhält. Bloß-keine-Ahnung-mehr. Und. Wer-mit-wem. Und. Wie-und-was. Genau. Mit-dem-und-wann. Geschah. Und wichse. Dich. Mein Ichbinweg. Du lieber Gott. Mein Augenstern. Ist anderswo. Ist andersrum. Und. Scheiße. Keine Spur. Die alte Sau. Verweigert sich. Verliert den Halt. Mein Irgendwie. Im. Irgendwann. Das habe ich gemacht.

Noch 86 Nächte. Einst. Und viel zu viele Kerle. Auch.

Café.

Und wieder stellen sich Gedanken ein. Die dir gefallen würden. Dich befeuern. Prägen werden. Es ist die Wirkung. Nämlich. Allerhand. Und die sich darin ausdrückt. Dass du mir nachstellst. Ohne mich zu sehen. Freund.

Das habe ich gedacht. Und deine Worte. All deine Gesten. Du. Sie zielen darauf ab. Mich zu besiegen. Umzudeuten. Wie deine Augen. Freund. Die großen, grünen Greifer. Als wäre ich das Wunder. Dir überlassen. Haut und Haar. Das Jahr ist lang. Wird immer kürzer. Denn du willst schließlich nach Berlin. Berlin. Schlussendlich. Aus. Doch immer noch ist Herbst. Noch ist es nicht soweit. Du lächelst. Sagst. Vielleicht komm ich auch schnell zu dir zurück.

Noch 85 Nächte. Einst. Und viel zu viele Kerle. Auch.

Samenerguss.

Die Taktik zieht.

Sie hat nur einen Schönheitsfehler. Sie ist der Schlüssel. Du. Der meine Hose öffnen sollte. Wohl. Wollte. Früher. Oder. Später. Und wenn nicht gleich. Bei mir. Dann wird ein weiterer in dieser Stadt. Sie spricht von dir. Die strammen Schenkel vor mir reiben. Wollen. Die Auswahl nämlich. Sie ist die Gefahr. Das habe ich geahnt.

Da irrst du dich. Wie zugeknöpft. Bis obenhin. Bis unters Kinn. Du sitzt am Drücker. Bist am Zug. Du gibst dich nicht mit Kleinigkeiten ab. Du sprichst vom Hier. Von. Jetzt. Auf. Gleich. Von Schmerzen. Lust. Erfüllung. Gier. Und. Keine Ahnung. Keine Frage. Du sprichst. Von Zufall. Glück. Von Einsamkeit. Vertrauen. Und Henry Miller. Ein Poet. De Sade. Das habe ich gesagt. Gedacht. Ja. Ja. Das ist so. Wahr. Und schön. Und wirklich. Kein Begriff davon. Auf seine Art. Doch nicht viel. Mehr.

Noch 84 Nächte. Einst. Und viel zu viele Kerle. Auch.

Zwei.

Du bist der Mann des Augenblicks. Die nächste Stunde. Je nach dem. Hält dein Versprechen. Guter Mann. Und bleibst gern allem gegenüber offen. Ja. Sowieso. Mein Freund. Abscheulicher. Du weißt genau. Das lockt. Das zieht. Das macht mich an. Die Möglichkeiten. Das steht fest. Sie fressen uns. Und spricht mich los.

Es ist dein Lächeln. Ist diese sanfte Röte, die dein Gesicht verfärbt. Wenn dich mein Herz dabei ertappt. Du. Lügner. Sexy. Vorsichtshalber. Das wird. Das kommt. Das kann nicht sein. Verflixt. Verdreht. Und zauberhaft. Das habe ich gedacht. Dabei.

Noch 83 Nächte. Einst. Und viel zu viele Kerle. Auch.

Platz.

So rauben wir uns jede Hoffnung. Kein Vertun. Sind wie befreit. Zum x-ten Mal. Zum ersten Mal. An diesem Ort. Das reinste Glück. Ein Zufall. Schmerz. Magie. Erkennen uns nicht wieder. Nein. Und keine große Sache. Nein. Im Spiegel unsrer Leidenschaft. Falls wir uns geil und voller Niedertracht in einem andren Traum als der Erinnerung. Und Gott bewahre uns davor. Erneut einmal begegnen sollten. Denn du bist echt. Ich weiß. Ich weiß. Das macht mir sehr zu schaffen. Aladin. So wie ich dir. Das ist gewiss. Vielleicht. Kann sein. Und je nach dem.

Noch 82 Nächte. Einst. Und viel zu viele Kerle. Auch.

Korbsessel.

Der gleiche Platz. Dasselbe Nichts. Fünf Kisten. Freund. Du sagst. Sie tragen, treiben, pressen dich zusammen. Du. Sie fassen alles, was du zum Unterschlupf, zum Überleben brauchst. Gern um dich hast. Nicht weniger. Nicht mehr. Ein Floß, auf dem es sich gelassen treiben. Sagst du mir. Und sie vertreiben. Lässt. Die gute alte Zeit.

Du bist ein Reisender. Ein bunter Vogel. Tunichtgut. Es ist der Wind, der deine Welt im Flug besucht. Der Düfte trägt. Und Laute mit sich bringt. Die Stimmen. Stimmen unbegreiflich vieler Artgenossen. Du nennst es Einsamkeit. Sie ist dein Nest. Hat keinen Schimmer. Nein. Denn du bist einer, dem die Zeit, die Zeit, die namenlose, in jedem Augenblick den Ausweg weist. Und doch. Das stimmt. Verweigern wird. Das habe ich gesagt. Gedacht. Getan.

Und auch. Das redest du mir ein. Mein Freund. Das macht dich unbesiegbar. Schmerz. Das hältst du leidlich von dir fern. Das stimmt. Vertrauen. Du. Das stimmt. Mich glücklich. Ja. Das habe ich gesagt. Schlag zu. Schlag zu. Bedenkenlos. Da hält mich was. Von dir. Zurück.

Noch 81 Nächte. Einst. Und viel zu viele Kerle. Auch.

Wicht.

So nämlich und nicht anders. Du. So geht und kommt der Traum, den du dir einflößt, gnadenlos, mit jedem Schluck, der dir im Rachen brennt. Mit jedem Zug, der deine Lunge küsst.

Das bin nicht ich. Denn das bist du. Mit jedem Joint, der deine Stimme tiefer legt. Dich unter deiner Furcht begräbt. Sie hört dir zu. Mein Freund. Sie nimmt dich. Wahr. Du weißt. Du spürst. Mama. Sie wird dich hintergehen.

Das bist du nicht. Denn das bin ich. Kommt alles anders. Ganz bestimmt. Noch diese Nacht. Wird sie dich nackt, dich splitterfasernackt. Mein Herz. Auf feuchten, kalten Bodenkacheln pennen lassen. Und je nachdem wie gut du dich zunächst und stundenlang im Suff vor ihr entjungfert haben wirst. Zum ersten Mal. Zum letzten Mal. Gewiss. An diesem Ort. In deinem. Nest. Mein Synonym. Mein Augenlicht. Das habe ich gedacht.

Nicht wahr. Wie wahr. Das ist erzählt. Wie teuflisch. Fett. Zerbrochen. Aal. Und all die Hoffnung, Schatz, die dich liebkost. Und dich kaum auf die Reihe kriegt. Es geht nicht mehr. Das darf nicht sein. Jetzt. Komm zum Schluss. Zum Schwanz. Allein.

Noch 80 Nächte. Einst. Und viel zu viele Kerle. Auch.

Verschieben.

Es ist. Es bleibt. Es geht. Vorbei. Wie alles Du. Ein Wunder. War. Wir konnten uns dem Zauber. Der Verwirrung nicht entziehen.

Ich sehe deutlich, wie du mir entgegenkommst. Verloren. Schüchtern. Schwarz. Vermummt. Ganz unerwartet. Aufrecht. Stolz. Und gegen alle Regeln. Klar. Die ich mir gab. Das steht dir ins Gesicht geschrieben. Auf deiner Stirn. An diesem Ort, der mir gehört. Allein gehört. Den ich mit keiner Seele jemals teilen werde. Den, Lügner, du, zum ersten Mal. Bezirzt. Der reinste Zufall. Der mich. Überfällt.

Das ist der Augenblick. Der alles ändert. Mit allem bricht. Mein Aladin. Ihn will ich halten. Aufbewahren. Hüten. Wie eine Ansichtskarte. Auch wenn sich nichts geändert hat. Und alle Fragen. Offen. Bleiben. Denn es ist Mai. Mein Monat. Mai. Ein ganzes Leben lang. Verflucht. Geträumt. Und Dir geschrieben. Dir gesagt. Das hast du mit dir fortgetragen. Gelesen. Ausgemacht. Kann sein.

Noch 79 Nächte. Einst. Und viel zu viele Kerle. Auch.

Erklärungen.

Den liebe ich. Du Scheusal. Ungeheuer. Das wird mir sonnenklar. Der spinnt. Zu Recht. Die Zeit. Der Ort. Es ist. Es bleibt. Das reicht. Unmöglich. Weit. Längst auf- und abgeschrieben. Du. Auf immer. Du. Auf ewig. Ich. Da ist kein Licht. Wir sehnen. Uns. Da finden wir nicht mehr heraus.

Es sind die Bücher. Die Geschichten. Die uns verleiten. So zu tun. Die uns zusammenbringen. Trennen. Uns verführen. So zu tun. Die uns zerschlagen. Nacht für Nacht. Die uns begleiten. Nacht für Nacht. Das sind Geschichten. Weiter nichts. Die jede Regung. Meines Herzens kennen. Doch ihre Warnung, Lügner, nahmen wir nicht ernst. Zum ersten Mal. Zum x-ten Mal. Ganz im Vertrauen. Das reinste Glück. Mein Possenspiel. Die Hinterlist. Sie geht vorbei. So. So. Wie jeder Schmerz. Ganz im Vertrauen. Da ist kein Platz. Mein Herz. Es reicht.

Noch 78 Nächte. Einst. Und viel zu viele Kerle. Auch.

Geständnisse.

Ich sehne mich noch jetzt nach deinen frechen Lügen. Deinen Wutausbrüchen. Deiner Lust. Und deinen Lippen. Und was du mir an Zärtlichkeiten vorenthalten hast.

Das weißt du nur zu gut. Das macht dich heiß. Das macht dich glücklich. Geil. Wenn eine fremde Hand zum Nachspiel deinen Bauch liebkost. Und deine Schenkel. Küsst. Und deinen Schwanz.

Das dumme Ding. Du kennst mich gut. Oh ja. Du kennst mich besser. Nein. Bist du mir näher als der Samstagmorgen, an dem ich dich das erste, und nicht zum letzten Mal. Um mich betrog.

Noch 77 Nächte. Einst. Und viel zu viele Kerle. Auch.

Rollenspiele. I

Du sitzt im Sessel. Beine breit. Die Hände an der Gürtelschnalle. Du sagst. Ich bin gefangen. Hier. Bei dir. Von dir. In deiner Sehnsucht. Meinen Träumen. Da sitze ich. Und. Kann nicht weg.

Ich weiß. Ich weiß. Du willst mich damit überrumpeln. Mich bestechen. Ich bin erregt. Ein Hund. Ein Köter. Und sage dir. Du musst die Worte sprechen. Liebster. Sprich. Einwandfrei. Du bist mein Gast. Doch schüttelst du den Kopf.

Noch 76 Nächte. Einst. Und viel zu viele Kerle. Auch.

Rollenspiele. II

Du rauchst. Du trinkst. Du sagst. Ich bin gefangen. Hier. Vor Ort. Und. Kann nicht weiter. Will nicht weg. Die Augen. Blicke. Halten uns. Wir sind verrückt. Bin so erregt. Und sage dir. Ich will. Ich muss. Die Worte hören. Liebster. Mein.

Du schweigst. Du schüttelst deinen Kopf vor mir. Du siehst mich an. Ich sehe dich. Das dauert länger. Viel zu lange. Du sagst. Ich kann. Nicht weg. Nie weg von dem. Ich bin gefangen. Eins. Zwei. Drei. Und diese Hände. Sie sind deine. Die an der Gürtelschnalle. Nagen. Du. Warte ab. Und sage dir. Ich habe Lust. Auf dich. Mein Herz. Ich will. Ich muss. Die Wörter von dir hören.

Noch 75 Nächte. Einst. Und viel zu viele Kerle. Auch.

Rollenspiele. III

Dein Kopf dreht sich im Kreis. Du trinkst. Du bluffst. Du rauchst. Du sagst. Ich bin gefangen. Hier. Von dir. Bei dir. In diesem Kerker. Und kann. Und will. Nicht weg. Von dem. Bald gehen uns die Zigaretten aus.

Das Wort hat Konsequenzen. Wie du weißt. Und du mir sagst. Dir widersprichst. Ich bin so geil. So geil auf dich. Das nutzt der aus. Das kleidet den. Der da im Sessel. Vor mir sitzt. Die Beine breit. Die Augen feucht. Die Hände an der Gürtel-schnalle. Spielt. Das spricht sich rum. Mein Herz. Köln ist ein Dorf. Was das betrifft. Ich bitte dich. Ein Wort. Das Wort. Mein Schatz. Ein Satz. Den einen. Den ich hören muss. Was uns befreit.

Noch 74 Nächte. Einst. Und viel zu viele Kerle. Auch.

Rollenspiele. IV

Doch schüttelt der den Kopf. Der Arsch. Der schweigt. Der weint. Und windet sich. Es sind die Wörter. Die ich hören muss. Und sei es nur. Blas meinen Schwanz. Sofort. Ich will. So warten wir. Die Hölle ist der Platz für uns. Macht. Ohnmacht. Der sich auf den Weg. Und stürzt. Das Loch. Vom Acker. Einmaleins. Das kleine. Und. Das Große. Sagen. Die vielen Reden. Und Blabla.

Du willst mir nichts. Noch nicht. Von ihr. Von ihm erzählen. Auch. Das bleibt. Mein Schmerz. Wie das. Vertrauen. Uns. Verflucht. Köln ist ein Dorf. Was das betrifft. Wir wissen alles. Über uns. Und jeden. Der die Regeln bricht. Ab nach Berlin. Nur weg von hier. Das rechnen wir uns aus. Kommt hin.

Noch 73 Nächte. Einst. Und viel zu viele Kerle. Auch.

Rollenspiele. V

Das war's. Das sitzt. Das windet sich um deinen Hals. Das wird uns nicht verlassen. Freund. Hat Konsequenzen: *Bravo! Mein Aladin.* In dieser Nacht bist du gezeugt. An mich gefallen. Ja. Das stimmt. Oh ja. Kann sein. Wenn auch. Was soll's.

Das ist. Nicht alles. Lange nicht. Noch längst nicht alles. Guter Mond. Da ist noch was. Da hockt noch wer im Busch. In deinem Nacken. Da. Du riechst den Atem. Kein Begriff. Ist je zu bändigen. Zu fassen. Deine Schuld.

Ich werde mich von dir nicht hintergehen lassen. Und deine Eifersucht ist ekelhaft. Das habe ich zu dir gesagt. Und dir geschrieben. Du. Das stimmt. Geh heim. Hau ab. Zum letzten Mal. Zum ersten Mal. Es ist nicht deine Schuld.

Noch 72 Nächte. Einst. Und viel zu viele Kerle. Auch.

Persil.

Du atmest durch. Gottlob. Mein Kind. Du findest dich in Wörtern. In ihren Armen. Freund. In ihren treuen Blicken. Wieder. Mal. Mehr ist nicht drin. Im Augenblick. Der lange Heimweg. Herzlos. Er steckt dir noch im Blut. Dich friert. Du zitterst. Immerzu.

Du lächelst. Schweigst. Da muss sich erst einmal etwas in dir beruhigen. Wiederfinden. Du schlägst ihr also vor, für sie zu kochen. Ich bin dabei. Dem seh ich zu. Ich liebe. Liebe dieses Spiel.

Worüber sprichst du also, Schaf. Wenn du in ihr ertrinken willst. Den Weg verlieren. Du. Und dich verlaufen. In ihrer Scham entmannen darfst. Du sprichst von Büchern, Reisen, fernen Orten und dem Motorrad selbstverständlich, das euch dem Zufall überlassen wird.

Sie hört dir zu. Ja ja. Sie lässt sich gern von dir vertrösten. Du bist der eine. Einer unter vielen. Die du bist. Die in dir warten. Wüten. Sie belügen werden. Denn du bist hübsch. Ein Püppchen. Schaf. Sie hat sich damit abgefunden. Sich darauf eingerichtet. So wie du. Das macht euch aus. Das schafft euch Platz. Der Kummer bleibt. So. Je nach dem. So. Sprachlos. Lüstern. Unbedingt.

Noch 71 Nächte. Einst. Und viel zu viele Kerle. Auch.

Sieg.

Das ist die Insel. Insel. Eines Tages. Das ist Paris. Ist. Diese Nacht. Ist ihr Versprechen. Ach, Gott ja. Und die Bedingung, die du ihr unerbittlich stellst. Mag sein.

Ihr herber Duft. Die schmalen Augen. Auch sie erzählt sich gern von dem, was euch erwartet. Sein kann. Würde. Wird. Bestimmt. Vor allem aber Unabhängigkeit. Sie steht auf dich. Und deine rohen Floskeln. Sie ist der Strohhalm, Freund, an dem ihr beide saugt.

Das steigt zu Kopf. Oh ja. Oh je. Das frisst. Das macht verlegen. Lässt nicht locker. Hört niemals damit auf. Und nichts von dem, was euch bewegt, wird jemals seine Lippen rühren. Das überzeugt. Das letzte Loch. Der Schaffner pfeift. Und schon geht's los.

Noch 70 Nächte. Einst. Und viel zu viele Kerle. Auch.

Sicht.

Die Nacht war kurz. War kürzer als erwartet. Du. Gedacht. Der Presslufthammer weckt dich. Auf. Posiert in deinen Schläfen. Du. Das kommt davon. Das wird dir klar. Von der. Von dem. Was zu erwarten. War.

Du denkst, zu viel gesoffen. Blickst dich um. Und die Erinnerung. Die träge Sau. Sieht weg. Lässt deinen Traum. Im Stich. Allein. Warum. Nein. Keine Ahnung. Echt.

Sie liefert erste, grobe Bilder; holzschnittartig, sich widersprechend; so träumst du Wörter, halbe Sätze; und selbstverständlich Haut, und Härchen, lange Haare; ein Strand, ein Meer, Berührungen; Kommandos, Säfte, Sperma. Wut. Und. Kraft.

Und da war Wut. War Wut. Und Blut. Um. Blut. Nur stumme. Wut. Und Regungslose. Augen. Du. Und Blicke. Aufgerissen. Offen. Und die Pupillen. Wut. Um Wut. Und Laute. Lippen. Zugestochen. Du das war da. Da irgendwo. Du träumst. Du schreibst. Das steckt dahinter. Wort. Für. Wort. Mein Nimmersatt. Das hätte ich gesagt. Mag sein. Vielleicht. Und je nach dem.

Noch 69 Nächte. Einst. Und viel zu viele Kerle. Auch.

Warte.

Du hast etwas getan. Etwas. Das du nicht tun wolltest. Musstest. Das dich noch jetzt in Bann schlägt. Überkommt. Da ist das Rote. Rotes klebt an deinen Händen. Und du erinnerst dich mit einem Mal genau an den Geschmack. Geruch. An letzte Worte. Seinen Atem. Und an die Ruhe. Ruhe. Du. Die dich umgab. Mit voller Wucht im Zimmer stand. Mit einem Mal. Urplötzlich. Du. Und dann. Musik. Musik. In deinen Ohren. Und. Er. Ist wer. Und. Was. Ist weg. Ist ausgestanden. Ausgelöscht. Mama. Das habe ich gedacht. Getan. Und weggesprochen. Du rollst dich auf die Seite. Jetzt. Ist gut. Vorbei. Das Messer. Schmerz. Die Augen. Auf. Die Schotten. Dicht.

Noch 68 Nächte. Einst. Und viel zu viele Kerle. Auch.

Schicht.

So greift dein Herz behäbig auf, was längst begonnen wurde. Dies. Ein Gestern. Heute. Noch in dieser Nacht. Von nun an bist du auf der Flucht. Mein Freund. Ein Synonym. Von jetzt an atme ich in deinen Lungen.

Im Rückblick erst wird seine Tat, wird seine Gier nach mir, verträglich sein. Und gründlich ausgekostet. Werden. Müssen. Wollen. Das ist. Das bleibt. Das wird dich nie verlassen. Es schneit zu früh. Zu spät. In diesem Jahr. Berlin.

Noch 67 Nächte. Einst. Und viel zu viele Kerle. Auch.

Jünger.

Er geistert dir schon lange durch den Kopf. Der Akt. Die Tat, oh ja, war unumgänglich. Dir eine Angelegenheit. Ein Unabwendbar. Steht für sich. Du hast dich gründlich darauf vorbereitet. Schlau gemacht. Nicht wahr. Das stimmt. Bestimmt. Das sei dir überlassen.

Du bist belesen. Aladin. Das unterscheidet dich von vielen. Von so manchen. Du hasst die Wörter. Scheust die Tat. Noch immer. Nur. Das wird sich bei dir ändern. Endlich ändern müssen. Heute.

Denn. Heute. Du. Das ist Magie. Bestimmung. Zauber. Allerhand. Der gute alte Alchemist. Setzt dich ins Werk. Zum Glück. Ist Mai. Und. Kein. Verstand. Dabei.

Noch 66 Nächte. Einst. Und viel zu viele Kerle. Auch.

Ankunft.

Du bist zurück. Du lächelst. Du siehst gut aus. Sagst. So wie du. So. So. La. La. Du ziehst die Schuhe aus. Das tust du immer. Jedes Mal. Der Teppich wärmt mich. Du sagst. Himmlisch. Sagst du. Wundervoll. Ich freue mich. Und du sagst. So wie ich.

Ich sehe die Entschiedenheit. Die ich bisher nicht an dir kannte. Die mir das Blut. Mein Herz. Gefrieren lässt. Da lauert etwas hinter deinen Wörtern. Lieben Worten. Das mir den Schwanz versteift. Mich anpackt. Alles gut. Mich unterwürfig stimmt. Dir werde ich die Füße küssen, lecken wollen. Und diese Eier. Deinen Schwanz.

Noch 65 Nächte. Einst. Und viel zu viele Kerle. Auch.

Lesen.

Du willst mich hier. Sofort. Packst mich im Flur.
Sofort. Du öffnest deine Hose. Schlanke Schenkel.
Du zwingst mich auf die Knie. Die weiche Hand
auf meiner Schulter. Auf meinem Hinterkopf. Du
blickst. Gelassen. Himmelwärts. Denn da ist Wut.
Dein Mund verzaubert mich.

Ich sehe sie. Die Adern. Deinen Hals. Ich sehe
diesen Adamsapfel. Toben. Tanzen. Ich. Und höre
dich. Und mich. Und dein Verlangen nach mir
höhlt mich restlos aus. Ich will dich hier. Sofort.
So muss das sein. Kein Zweifel wird uns weiter.
Hintergehen.

Noch 64 Nächte. Einst. Und viel zu viele Kerle. Auch.

Schreiben.

Dann sehe ich die Klinge. Messer. Scharf. Die. Da. Im. Winkel. Da. Ein Augenzwinkern. Nackte Wut. Sie blitzt im Kerzenlicht. Die Klinge. Das Messer. Scharf. Wie deine Lust. Wie das, was all die Jahre in dir schlummerte. Verschlief.

Du bist von Sinnen. Aladin. Mein Aladin. Und du stichst zu. Mein Aladin. Mein Aladin. Der will den Tod in meinen Augen sehen. Der glaubt daran. Mein Freund. Mein ärgster Feind. Mein Nimmersatt. Sticht. Zu. Sticht. Zu. Der lässt sich darin nicht beirren.

Noch 63 Nächte. Einst. Und viel zu viele Kerle. Auch.

Sprechen.

Da. Ist kein Schmerz. Da. Ist Verzweiflung. Stolz und heißes Blut. Das kocht. Das dampft. Das dein Gesicht. Das deine Hände. Überflutet. Wir stellen uns den Abgrund vor. Der uns gefällt. Uns lockt. Dem nicht zu widersprechen ist.

Da ist das Mitgefühl. Von wegen. Und der Neid. Mein Zwillingsbruder. Du und ich. Und ich und du. Der mit dem sanften Lächeln. Er. Der dich erledigt. Kalt macht. Zuversicht. Mama. Und die Verzweiflung. Und deine letzten Worte. Schnitter. Sind dein Geschenk. Dein Puls. Sein Puls. Dein ganzer guter Schmerz. Für mich.

Sie werden bleiben. Mensch. Gib auf. Lass nach. Dem wirst du nicht entrinnen. Können. Nie. Kein Wort. Und. Auch. Kein. Nimmermehr.

Das stimmt. Das ist mein Recht. Oh ja. Das habe ich gewollt.

Noch 73 bleiben dir. Und dann ist Schluss. Damit. Poet.

Venedig.

Du leckst die Klinge ab. Das Messer. Das dein Zeuge ist. Der beste, treuste unter allen. Ja. Du wirst mein Blut, dein heißes Blut auf meinen Wangen wiederfinden.

Wir sind vereint. Versöhnt. So spreche ich zu dir. So träumen wir gemeinsam. Aladin. Ich nehme dir dein Leben. Herz. Von nun an. Weg. Suchst du das Weite. Da. Im. Süden. Osten. Norden. Westen. Du drehst die Zeit zurück. Mein Synonym. Vergiss das nie. Berlin. Berlin. Die Jagt auf dich ist angebrochen. Von nun an. Bist. Und. Bleibst. Du. Mein. Phantom.

Noch 61 Nächte. Einst. Und viel zu viele Kerle. Auch.

LEGUAN

Je ne sais pas.
Je suis perdu aussi.

- Claude Debussy
- Maurice Maeterlinck
Pelléas et Mélisande

Abdrücke.

Du weißt. Man wird dich suchen, dich verfolgen. Der Tatort spricht von dir. Ist kein Geheimnis. Mehr. Köln ist ein Dorf. Zeigt mit dem Finger. Wer. Und-was-und-wie-und-wann-genau-und-wo. Erzählt Geschichten über dich. Oh ja. Kennt alle Einzelheiten. Der. Und-die-und-das. Und-wer-mit-wem. Und dein. Gesicht. Hat sich nicht mal darum bemüht. Die Spuren zu verwischen. Der.

Und auch. Warum. Mein Freund. Was hätte dir das eingebracht. Im Gegenteil. Du bist dir sicher. So. Vollkommen sicher. Jedermann. Und willst, dass sie es wissen. Alle Welt. Denn jeder Ort wird dein Zuhause. Werden. In dieser Weite. Dieser blauen Nähe. Einwandfrei. Du musst dich wirklich nicht. Verstecken. Du nimmst die Klänge auf. Und hin. Und all die Farben ihrer Blüten-träume. Sie finden sich in dem Gesicht. Der Maske. Die du von nun an tragen. Wirst. Du wirst zur Leinwand. Parasit. Ein Spiel im Wind. Zur Frage. Hab-ich-das-gesagt.

Das macht dich unauffindbar. Jedermann. Das tust du, um besiegt zu werden. Meister. Du liebst den Kampf. Die immer gleichen Reißer. Du bleibst das Herz, das sich nach seiner Stunde sehnt.

Noch 60 Nächte. Einst. Und viel zu viele Kerle. Auch.

Anfang.

Seitdem, mein Freund, denkst du an Zigaretten, an den Geschmack nach schalem Bier auf groben, rauen Männerlippen. Das hast du einfach nicht im Griff. Das überrascht dich. Immer wieder. Du schießt zu früh. Zu schnell. Zu heftig. Und auch zu wild. Du kommst dir kindisch vor. Danach. Nach deinen großen, stolzen Reden.

Der erste Zungenkuss von einem Kerl. Im Keller. Damals. Da. Lose. Träumer. So unberechenbar. So märchenhaft. Da. Hinter sieben, sieben Bergen. Da. Unter sieben, sieben Zwergen. Dir läuft die Zeit davon. Die Scham, die böse Fee, ist dir schon splitternackt, ganz außer Atem, auf den Fersen. Keine Spur.

So fallen dir, von selbst und ohne weiteres, aus aller Welt Geschichten zu, die deinen Abgang, deinen Rückzug glaubhaft machen sollen. Das Schwindeln. Nenn es Lüge. Kein Problem. Die sieben Tage. Sieben Wochen. Die sieben Monate. Allein. Du bleibst der Wiederholungstäter. Große Töne. Du bleibst geschwätzig. Machst du dich sauber. Ziehst dich an. Auf und davon.

Noch 59 Nächte. Einst. Und viel zu viele Kerle. Auch.

Freibad.

Die blaue Badehose. Du. Das Bild begleitet dich auf deinem Heimweg. Sein dralles, weißes Fleisch. Knietief im trüben, stillen Wasser vor dir. Im Sommer. Sonnenschein. Und das Gelächter. Rufe. Schreie. Und das Gemurmel. Sanfter Wind aus unbestimmter Tiefe. Das habe ich gewollt.

Die Planken, glitschig. Einsam. Mörderisch. Du spürst sie unter deinen feuchten Sohlen. Das weißt du heute. Macht dich lüstern. Und dir wird klar. Wird immer klarer. Du hättest ihn ersäufen sollen. Den da im Wasser. Vor dir. Seinerzeit. Gleich. Damals. Hinterrücks. Bespringen müssen. Gleich zu Beginn. Der alte Gnom. Das kann ich riechen. Ja. Der hat. Der hatte dich im Griff. Von wegen. Schwul. Das Wort. Das Eisen. Die heißen Kohlen. Sie geben dich nie wieder her.

Noch 58 Nächte. Einst. Und viel zu viele Kerle. Auch.

Süden.

Nun kommt es auch nicht mehr drauf an. Was soll's. Vor dir ist Ozean. Ist reiner Himmel. Blaue Weite. Kein Horizont. Der deine Fantasie, die grässliche, begrenzen würde.

Du atmest leicht. Die Aussicht, wie gesagt, sie ist vollkommen. Dein Blick. Der heiße. Treue. Du siehst. Wie er den Vogelschwärmen, unbekannten schwarzen Wesen, folgt. Die dich verfolgen. Dir entgleiten. Sie kommen aus dem Norden. Dichten Wäldern. Kühle. So wie du. Selbst. So wie die Hand. Die dich ersticken wird.

Noch 57 Nächte. Einst. Und viel zu viele Kerle. Auch.

Westen.

Es ist die Haut. Die nackte Angst in seinen Augen. Die sich in deinem Blick verliert. Es ist die Stille. Worte, die ihn brechen. Und seine Stimme, sein Verlangen. Und was dir sonst noch alles in den Schläfen pocht.

Das fasst dich an. Das geht dir nach. Lässt dich erstarren. Jedermann. Der Tod. Das Sterben. Dein Revier. Du bist dir sicher. Wie befreit. Ein schroffer Hauch streift deinen Rücken. Die Maske sitzt. Sie passt wie angegossen.

Du packst den Schwanz. Ja. Er ist mein Zeuge. Du bist bereit. Dazu. Warum auch nicht. Na klar. Die Sonne geht im Osten auf. Du lässt dich nehmen. Treiben. Reißt dich los. Ein neuer Sturz beginnt. Dringt in dich ein. Ein kurzer Sprint. Mein Freund. Mein lieber Junge. Tunichtso. Das nagt an dir. Das bläut sich ein. Das macht dich ewig. Ewig. Unbegreiflich. Jedermann. Nur die Gesichter wechseln. Und das ist mein Geschäft.

Noch 56 Nächte. Einst. Und viel zu viele Kerle. Auch.

Frei.

Du bist perfekt. Vollkommen.

Und fühlst dich rettungslos verloren. Das war dein Ziel. Oh ja. Ich stehe dir dabei zur Seite. Treue Hand. Ich schreibe die Geschichte. Die uns nimmt. Weil du dich für mich schämst. Und für das schämst, was du für mich empfindest.

So und nicht anders. Nämlich. Schließen sich die Kreise. Träumer. Werfen Ringe. Du. So wächst der Stamm. Der uns bewahrt. Der uns umschließt. Und nicht begnadigt. Freund. Denn ich bin tot. Ein Toter unter Winkeladvokaten. Das habe ich gesagt. Ich werde dir beim Sterben in die Augen sehen. Das sagtest du. Mir. Und das ist wahr. Bleibt echt. Ist. In die Wirklichkeit. Verstrickt. Mein Herz. Die Schlinge. Du. Sie zieht sich enger. Mit jedem Fick. Der deinen Traum von mir ernährt. Verhöhnt.

Noch 55 Nächte. Einst. Und viel zu viele Kerle. Auch.

Wasser.

Die Sonne. Sonne. Irre Hitze. Der Wecker. Wieder. Du spürst den Druck. Spannst deine Schenkel an. Der Wecker. Wecker. Das wird ein Hauen, Wühlen, Stechen. Werden. Mit der. Die Lust, die Leidenschaft zergeht dir auf der Zunge. Schon jetzt. Davor. Allein, wenn du an ihre zarten Füße, die hübschen Fesseln, Knöchel, ihre Zehennägel denkst.

Sie wird dich kennenlernen. Gründlich. Jederzeit. Mit ihr nimmst du es auf. Oh ja. Ihr wirst du keinen Schatten überlassen. Das ist Bestimmung. Rachsucht. Parasit. Und dein Versprechen. Deine Masche. Jedermann. Nicht wahr. Wie wahr. Wie flink du bist. Wie hinterhältig. Unnachahmlich. Die Maske drückt. Sie kleidet dich. Du wirst die Katze werden, Freund, die jedermann, die jeder Frau entwischt.

Noch 54 Nächte. Einst. Und viel zu viele Kerle. Auch.

Stein.

Der Schädel ist rasiert.

Das wär's. Du denkst. Schon komisch. Das. Was dir entgegenkommt. Im Neonlicht. Dem gelben. Scharfen. Die Glatze. Da. Im Spiegel. Der. Nicht wiederzuerkennen. Du. Ein völlig anderer. In dir. Was dich betrachtet. Und für gut erachtet.

Bist mit dir zufrieden. Schläger. Dies Häufchen Feigling. All diese lieben, blonden Ringellocken deiner Kinderstube. Die liegen da. Wie totes Gras. Auf bodenlosen Kacheln. Die Tat. Nein. Besser. Die Gelegenheit, die Einladung zur Tat ist weg. Ist abrasiert. Mein Herz. Mein Schmerz. Denn das bist du. Du bist der Meister deiner Tränen. Stecher. Die ärgsten Ängste. Leck mich. Arsch. Loch. Sie verraten. Sie vertreiben dich nicht mehr.

Das ist Geschichte. Und gut erzählt. Du wagst dich also aus der Deckung. Endlich. Endlich. Du siehst dich um. Du streifst durch die Toiletten. Wie angepisst. Riechst Geilheit. Sperma. Kacke. Angst und Schweiß. Und Poppers. PEP. Du sagst. Genieße du den Augenblick. Zu dir. Zu dem. Der dich. In dir. Begleitet. Dich ermutigt. Formt. So. Hundert. Abertausendfach.

Noch 53 Nächte. Einst. Und viel zu viele Kerle. Auch.

Klo.

Das sind dir neue Welten. Unbekannte Wesen. Mensch. Das ist Magie. Wie du Gedanken lesen. Kannst. Mit einem Schlag. Bist du der Alchemist. Der alles dreht. Und von sich abbringt. Wendet. Wie. Von Zauberhand. Der sich verwandelt. Du. Du bist die Maske. Die dich trägt. Erschafft. Und offenbaren. Wird.

Denn. Plötzlich. Plötzlich. Plötzlich. Du hörst die Stimmen. Tuscheln. Das Gelächter. Die Glatze da. Die geile Sau. Das fühlt sich gut an. Du. Verdammt gut hört sich das an. Du stehst. Der Neue. Parasit. Ein Damokles. Zum Niederknien schön. Mein Freund. Das stimmt. Das habe ich gesagt. Gedacht. Geschrieben. Und getan.

Noch 52 Nächte. Einst. Und viel zu viele Kerle. Auch.

Geil.

Du nickst. Du öffnest deine Hose. Zum x-ten Mal.
Darin bist du geübt. Inzwischen. Einwandfrei.
Und je nach dem. Und langsam. Langsam. Nicht
zu schnell. Bringst du den Schwanz ans Licht.
Zum Feuer. Du. Das grobe, feste Wunder. Du.
Dein Ungeheuer. Warte ab.

Natürlich. Selbstverständlich. Warum auch nicht.
Was ist den schon dabei. Du folgst der Zunge, die
sich deiner Eichel nähert. Siehst dem Verliebten.
Geilen. Dem. In seine braunen, blassen Wasser-
augen. Die lüstern überquellen. Sich vergessen.
Und holst zum Schlag aus. Der. Du. Mach dich
weg. Bloß weg von dem. Von mir. Von dir. Du
schwule, alte, dumme Sau.

Noch 51 Nächte. Einst. Und viel zu viele Kerle. Auch.

Fresse.

Wie arrogant. Wie überstürzt du dich verweigerst. Die kriegt nur das, was sie verdient. Und zeigt sich. Echt. Auch das ist nicht zu fassen. Erweist sich dankbar. Ja. Sogar erkenntlich. Für deine Schläge. Du. Da deutet sich was an. Oh ja. Da bringt dich was ins Grübeln, lieber Freund.

Das überrascht dich. Ja. Das stimmt. Du musstest ihn nicht einmal darum bitten. Und das ist neu. Oh ja. Das kommt dir sehr gelegen. Du. Entspricht dem Bild, dem der in dir, der grade Aufsicht hat, entsprechen will.

Das ist bestechend. Trifft. Schlag zu. Mit fürchterlicher Macht. Ein Mann. Der pisst. Im Stehen. Du. Mit allen Konsequenzen. Herr. Wie tröstlich. Hier. An diesem Ort zu sterben. Herr. Mein Herr und Meister. Du. Das habe ich, das hat ein wer in mir gesagt. Herbei gesehnt. Der wichst.

Noch 50 Nächte. Einst. Und viel zu viele Kerle. Auch.

Raub.

Der schläft. Der schnarcht. Der furzt. Der stinkt nach Alkohol. Du bist dir sicher. Alles klar. So schnell wird der nicht wieder wach. Du stiehlst dich also aus dem Bett. Mein Freund. Und je nachdem. Das ist der Plan.

Und schleichst durchs Zimmer. Nackt. Das ist der Plan. Und je nachdem. Im Dämmerlicht. Dich fröstelt. Gut. Das macht dich an. Das macht dich aus. Bereitet dir Vergnügen. Hecht. Du bist ein Dieb. Der hemmungslos und mit Genuss die Träume seiner Freier plündert. Es war einmal. Das ist dein Traum. Vor langer Zeit. Du willst dich kaum daran erinnern. Dass dieser Kerl. Dass dieser Hungerhaken. Dir seine Liebe antrug. Sich erklärte. Ganz öffentlich. Zu dir bekannte. Lass mich in Ruh. Damit. Niemals. Du fettes Schwein.

Noch 49 Nächte. Einst. Und viel zu viele Kerle. Auch.

Suche.

Noch heute treiben seine scheuen Worte dir Röte, Hitze ins Gesicht. Du kannst nicht fassen, was dieser Typ dir damals sagte. Ganz öffentlich. Ganz ohne sich dafür zu schämen.

Und dein Lachen, deine feuchten Zoten, die du ihm lauthals ohne Not entgegen schleuderst, sie brennen sich in dein Gedächtnis ein. Sie werden dich begleiten. Übermannen. Das ist der Plan. So oder so. Da führt kein Weg vorbei. Mein Freund. Das stimmt. Das habe ich getan.

Noch 48 Nächte. Einst. Und viel zu viele Kerle. Auch.

Beute.

Und, wie du siehst, mein Freund, noch heute zahlst du diese Schuld zurück. Und raubst die Macht dazu bei deinen Liebsten.

Egal, nur irgendwas, das deinen Bettgenossen teuer. Uns von Bedeutung ist. So je nach dem. Das ist der Plan.

Da reicht ein Ring. Ein Foto reicht. Der Schlüssel. Da. Du hast den Blick dafür. Du findest immer, immer, was Du suchst. Was da so alles in die Innentasche deines Rucksacks wandert. Sich dort versammelt. Dir Behaglichkeit verschafft. Ist dein Triumph. Das ist der Plan. Und je nach dem.

Du bist erregt. Exakt. Genau. Träum weiter. Alter. Da. Denn. Das befreit. Erleichtert. Freund. Du kriechst zurück zu ihm ins Bett. Das ist der Plan. Du schmiegst dich an ihn. Diesen Leib. Küsst seinen Nacken. Sanft. Und. Zärtlich. Und je nach dem. Du streichelst ihn. Liebkost. Den schlaffen, süßen Schwanz.

Noch 47 Nächte. Einst. Und viel zu viele Kerle. Auch.

Zeche.

Gleich wirst du schlafen können. Ganz allein. Ein Kind, mein Kind, in Mutterarmen. Du lächelst. Grinst. Du nimmst sogar zum Spaß den Daumen, seinen Schnuller in den Mund.

Ich nuckle gern. Das weißt du doch. Du bist dir ziemlich sicher. Klar. Der Diebstahl. Freund. Dein Raub. Bleibt lange unbemerkt. Und morgen früh wird er dich gut und gern dafür bezahlen und dankbar auf die Reise schicken. Das ist der Plan. Und ja. Das stimmt. Das habe ich geträumt.

Noch 46 Nächte. Einst. Und viel zu viele Kerle. Auch.

Stillstand.

So geht die Zeit vorbei. Aus Stunden werden Tage. Immer. Wieder. Aus Tagen Wochen. Und aus Wochen sicher einmal Jahre werden. Doch das ist weit. Ist unvorhersehbar und nicht begreiflich.

So wie der Augenblick. Als du. Als du da unten. Du zum ersten Mal Erregung spürtest. Du deinen Schwanz so wie ein Hund am Sofakissen reiben musstest. So lange. Länger. Fest. So sonderbar. Und heftiger. Bis die Erlösung sich ganz feucht, ganz klebrig, da, an deiner Hose zeigte. Und der Geschmack. Von dir. Nach dir. Dich. Überwältigt. Kleiner Mann.

Noch 45 Nächte. Einst. Und viel zu viele Kerle. Auch.

Plan.

Noch heute geht dir der Geruch von frischem Sperma nicht aus dem Kopf. Doch auch das alte, das vertrocknete ist nicht wirklich zu verachten. Immerhin. So je nachdem. Hat seinen Preis.

Du bist gehemmt. Du schnüffelst gern an fremder Wäsche. Fremden Unterhosen. Wenn sie getragen sind. Beschmutzt. Auch sie. Sie eignen sich als Beute. Kot und Pisse. Das ist der Plan. Sie nähren deine Fantasie. Das Stimmt. Wenn doch. Wenn erst. Die Möglichkeit besteht. Vielleicht.

Den Drogen hast du gründlich abgeschworen. So. Eigentlich. So. Ganz bestimmt. Doch heute. PEP. Heut ist ein echt vertrackter Tag. Von vielen. Einer. Wenn du so willst. Du willst dich nicht damit befassen. Daran erinnern. Willst einfach breit und sinnlos dösen. Träumen. Willst. Saufen. Kiffen. Wichsen. PEP. Das ist der Plan. Bis dir das Blut, der heiße Saft im Kopf gefriert. Das habe ich gemocht.

Noch 44 Nächte. Einst. Und viel zu viele Kerle. Auch.

Risiko.

Was willst du noch von mir. Was redest du mir da nicht alles ein. Nur weil ich deine Hand nicht halten wollte. In jener Nacht. Und nach wie vor nicht halten will. Du bist geliefert. Demagoge. Bist ausgestanden. Das war der Plan. Es ist soweit. Jetzt wirst du lange, lange schlafen können. Bis in die Puppen. Bursche. Wie dein Vater. Mama. Immer sagte. Bis in dein nächstes Leben. Ja. Bis irgendwann. Bis Nimmerland. Mein Aladin. Mein Freund. Adé.

Noch 43 Nächte. Einst. Und viel zu viele Kerle. Auch.

Sturm.

Die Stimmen. Stimmen wecken dich. Hellwach. Mal wieder. Irgendwie. Von irgendwo. Von überall. Hellwach. Hellwach. Mein Damokles. Und doch bist du noch immer. Immer noch so wie gefangen. So. Angezählt. So ausgebrannt. Die Stimmen. Stimmen. Rufen dich. Zurück. Mein Herz. Halt ein. Halt an. Du lass mich los. Du kannst mich mal.

Sie kennen deinen Namen. Nämlich. Das weißt. Du. Ja. Köln ist ein Dorf. Obwohl kein Wort von dem, was sie dir mitzuteilen haben, dich je erreichen wird. Dein Ohr. Dein Kopf. Das wunde Fleisch. Die Spange zwischen deinen Zähnen. Hellwach. Und Frottee. Buden. Zauber. Spielzeug Autos. Deine Käfer. Raupen. Schmetterlinge. Du spielst an dir. Du siehst dich dabei nach mir um. Suchst meine Stiefel. Tritte. Parasit.

Noch 42 Nächte. Einst. Und viel zu viele Kerle. Auch.

Hellwach. I

Hellwach. Der Ort, an dem du dich befindest, heute, scheint dir bekannt. Vertraut. Wie mein Geruch. Und doch ist alles anders. Heute. So wie verschoben. Heute. Du. Dein Gestern. Morgen. Wie entlehnt. Mein Augenstern. Geklaut.

Da weicht etwas vor dir zurück. Lässt sich nicht packen. Bündeln. Scheuchen. Dann willst du nur noch weg von hier. Du willst nach oben. Sehnst dich danach aufzuwachen. Da wird nichts draus. Du hältst den Mund. Du wirst dich ewig für mich schämen. Das. Dass. Wie gesagt. Dass. Du der Ball. Der Spielball. Bist. Du. Den man tritt. Auch schlägt. Was dich berauscht. Entzückt. Na klar.

Noch 41 Nächte. Einst. Und viel zu viele Kerle. Auch.

Hellwach. II

Dann musst du strampeln. Schlagen. Den da. Würgen. Strangulieren. Das neben. Unter. Über dir. Du kannst nicht weg. Bist wie gefangen. Jetzt kommt die Lust. Na endlich. Greift nach dir. Die steife Röte. Packt dich an. Sie lässt dich zappeln. Zappeln. Lange. Darum. Betteln. Du. Hellwach. Hellwach. Dein Lummerland. Sein Schwanz. Der Schmerz. Adé.

Nur schwimmen. Tauchen. Weg von hier. Nur. Weiter. Schimmern. Atmen. Atmen. Du. Willst ans Licht. Raus aus dem Sumpf. Du musst der Wut, der Einsamkeit entkommen. Willst. Ganz. Einfach nur. Dass seine Hand. Die weiche. Grobe. Bärenstarke. Dass diese Händehand. Sich von dir abmacht. Löst. Und wie sein Herz, die geile Pumpe, sich danach sehnt. Nicht mehr zu pochen. Nicht mehr zu schlagen. Schlagen. Müssen. Reiß ihm die Zunge. Dem da. Raus. Und. Das. Da. Auch. Und. Sein Gestöhne. Das. Da. Auch. Schlag zu. Der geilen Natter stopf das Maul.

Noch 40 Nächte. Einst. Und viel zu viele Kerle. Auch.

Wie.

Widerlich. Wie herzzerreißend. Dann riechst du Sand. Tang. Morgenröte. Du streckst dich aus. Gibst nach. Schwebst über dir. Schwebst über allem. Leicht. Allein. Für mich. In Mutterhänden. Und blickst in leere, weite, unvorstellbar grüne Taubenaugen. Und deine Kiemen. Da. Die da. An beiden Seiten. Sieh. Die Öffnen. Schließen. Öffnen sich. Und der Gestank nach Fisch. Nach Salz. Nach Pisse. Jod und Eiter. Schmeckt. Und. Klebt. Und. Stockt. Auf deiner Zunge. So. Trocken. Schmerzhaft. So. Wie dein Rachen. So. So. Wund. Wie deine Vorhaut. Seine. Meine Eichel. Und kein Mensch weiß davon. Wird danach fragen wollen. Das habe ich gewusst. Das war sein Plan. Sein Muss. Sein Kann. So je nach dem.

Noch 39 Nächte. Einst. Und viel zu viele Kerle. Auch.

Hellwach. III

Hellwach. Mein Freund. Hellwach. Du musst aufs Klo. Was soll's. Du pisst ins Bett. Der Würgereiz. Du kannst. Du willst. Du wirst ihn nie besiegen. Herz. Du kotzt. Aufs Kissen. Laken. Scheiß egal.

Hellwach. Hellwach. Und wie besoffen. Das ist nicht wahr. Dass alles. Alles brennt. Und sticht. Und juckt. Und peinigt dich. Erinnerung. Sie schlägt ans Fenster. Klopft an die Tür. Und dringt sogleich ins Zimmer. Ein. Verlass dich drauf. Und diese Stimmen. Stimmen. Räuber. Mörder. Da. Da. Hinten. Dort. Da. Unter. Neben. Über dir. Die Ziegeldächer. Mauern. Tümpel. Pfützen. Da. Und plötzlich. Wecker. Wecker. Bist du. Wecker. Wach. Hellwach. Hellwach. Noch immer nicht. Oh nein.

Noch 38 Nächte. Einst. Und viel zu viele Kerle. Auch.

Erwacht.

Mit einem Schlag. Schlag zu. Mein Freund. Und alles, wirklich alles ist beim alten. Du. Er kennt sich mit dir aus. Oh ja. Weiß, dass du schweigen. Du vergessen kannst. Und wirst.

Die Maske trägt. Du bist im Bett. Du bist zu Hause. Kleiner. Spatz. Denn nur ein Traum. Mein Schatz. Ein böser Traum. Allein. Kein Gnom. Du weißt. Der grinst. Hat dich im Sack. Rotzt in die Suppe. Lauert. Schielt. Das ist nicht wahr. Das alles redest du mir ein. Weil ich dich niemals lieben werde. Und tun will. All das. Was du von mir erwartest. Dir als Entschädigung erhoffst.

Noch 37 Nächte. Einst. Und viel zu viele Kerle. Auch.

Danach.

Die Mittagssonne. Deine Freundin. Mensch. Das ist vielleicht ein Morgen. Heller Tag. Verlangt nach dir. Jetzt. Brauchst du Kaffee. Zigaretten. Nur ein paar Stunden. Ein paar Tage. Du. Das macht mir nichts. Das ist egal. Das haut den stärksten Mann nicht um. Wie Weiß-die-Hölle-wer mal zu dir sagte. Jedermann. Das habe ich erdacht. Das alles. Das hast du mir verschwiegen. Freund.

Noch 36 Nächte. Einst. Und viel zu viele Kerle. Auch.

Theke.

Du stehst am Steuer. Du hast das Recht der Welt auf deiner Seite. Mein lieber Freund. Mein Aladin. Hier geht's zur Sache. Bursche. Wird gar nichts unterschlagen. Herr. Die stummen Nächte, die sich hirnlos an dich klammern. Dich bejammern. Sie werden abgestoßen. Ja. Das ist erledigt. Ist. Vorbei.

Du bleibst ein Wanderer. Bist auf der Reise. Du. Und diese Wahrheit, meine Güte. Schlägst du ihr grimmig; denn wer nicht hören will, muss fühlen; um die Ohren. Du. Das habe ich gesagt. Wir sind wie Vögel. Ungeheuer. Wir ernten. Doch wir säen. Keinesfalls.

Noch 35 Nächte. Einst. Und viel zu viele Kerle. Auch.

OK.

Dann sagst du ihr. Ich habe dir von Anfang an nichts anderes versprochen. Herzchen. Das ist der Plan. So je nach dem. Dich nehm ich mit. Du bist dabei gewesen. Wichst. So wird ihr Körper zahm. So wächst in dir. Aus dir ein Wille. Der. Ein Wunsch nach dem. Der eiskalt zupackt. Der dich niederringt. Dich wichst. Und bricht. Die letzten Brücken. Ab. Geschossen. Nur. Weg damit. Willst dir entrinnen. Tief. Und tiefer. Du in ihr.

Doch gehst du weiter, Parasit, hauchst. Denn genau das hat dich scharf gemacht. Gib's zu. Du wolltest meine Freiheit, meine Zunge zwischen deinen Schenkeln haben. Und all das, Herzchen. Hat dir leidlich Spaß gebracht. Was meinen Reiz erhöht. Vertausendfacht. Na dann.

Noch 34 Nächte. Einst. Und viel zu viele Kerle. Auch.

Mehr.

Dein Fehler war. Du wolltest mich bezwingen. Mädchen. War dein Plan. Und rücksichtslos. Und hoffnungsfroh. Oh ja. Wie ich dir jetzt entgegen trete. Ich will den Zeitvertreib. Es rieselt. Tränen. Schluckauf. Platzen Blendgranaten. Zu spät. Zu spät in diesem Sommer. Herz. Ich suche keinen Hafen, Mäuschen. Ich sagte dir. Mehr ist nicht drin. Bei mir. Mit mit. Mehr wirst du dir woanders angeln müssen. Ich bin auf See. Adé. Ich reise. Nur auf Sicht. Mit uns. OK. Das war's. Ist ausgestanden. Alles. Längst vorbei.

Noch 33 Nächte. Einst. Und viel zu viele Kerle. Auch.

Dark.

Du fluchst. Du fasst dir an den Schwanz. Das ist mit Männern, Säcken, alles einfacher. Zumindest die, die sich in dunklen Ecken ducken. Die in Gebüschen lauern. Die sich zu festgelegten Zeiten an stillen, wohlbekannten Orten zu versammeln wissen. Zum ersten Mal. Versteht sich. Hier. Und. Immer wieder. Alles klar. Der nackte Zufall. Hat sie hergeführt.

All die. Die ihre Geilheit kennen. Lernen wollen. Ein Gefängnis teilen. Mit ihnen kommst du immer gut zurecht. Sie schätzen deine Unbefangenheit. Die Lügen. Du. Die Glatze. Da. Sie kennen keine Namen. Dich. Die wollen. Alle. Alles haben. Alles nehmen. Sie sind verlässlich dort. Vor Ort. Zum ersten Mal. Zum letzten Schuss. Auf dieser Bank. Am See. Im Fluss. Ganz ungewollt. Da reichen ein paar feine, knappe, gut abgestimmte Gesten. Freund. Die Maske. Dir. Vollkommen aus. Das stimmt. Ich weiß. Das läuft.

Noch 32 Nächte. Einst. Und viel zu viele Kerle. Auch.

Poppers.

Du folgst dem Glutlicht einer Zigarette. Zum ersten Mal. Zum x-ten Schuss. An diesem Ort. Der Zufall will nichts anderes von dir. Du bist betrunken. PEP. Bist gut bekifft. Du schnüffelst kurz am Fläschchen. Damokles. Und siehe da. Sieh an. Der Tanz. Die Ewigkeit. Beginnt.

Ganz je nachdem. Ganz abgesprochen. So. Dann und wann. Auch. Unerwartet. Heftig. So. Und die Geräusche, die Du dabei hörst und selber von dir gibst. Berauschen dich. Das ist der Plan. Du schnüffelst kurz am Fläschchen. PEP. Du liegst im Bett. Du streichelst dich. So stellst du dir den einen. Den einen unter vielen vor. Die Maske. Masken. Und was in dir kauert. Dich massakriert. Adé.

Noch 31 Nächte. Einst. Und viel zu viele Kerle. Auch.

Dann.

Endlich. Doch. Du bist am Ziel. Du bist dein Meister. Glatze. Wirst gehorchen. Das ist die Freiheit. Ist dein Mai. Die frommen Sprüche gehen von der Hand. Von Hand zu Hand. Ein fetter Schwanz. Ein Stecher. Eine Dose. Du. Und das ist schließlich alles, wirklich alles, was du brauchst. Das war dein Plan. Dein Wunsch. Mein Freund. Ein gut verminter Zebrastreifen. Dort. In ihren Armen. Dort. In ihrem Schoß. Daheim. Mama. Zurück. Gekrochen. Gut versteckt.

Noch 30 Nächte. Einst. Und viel zu viele Kerle. Auch.

Room. I

Da war der Blonde. Große. Dralle. Der mit den vollen, weichen Lippen. Immerhin. Der schneller und beherzter kam, als dir gelegen war. Die arme Sau. Ein Ringelschwanz. Der zitterte. Der nicht mal Taschentücher hatte. Der gleich verschwand. Den Hosenstall noch offen. Und das erinnert dich an den. Da musst du grinsen. Der auch mal in dir hockte. Seinerzeit. Du atmest durch. OK. OK. Du sagst dir. Erste Runde. PEP. Die Aufwärmphase wäre damit ausgestanden. Mein Tunichtso. Und. Bleibdirtreu. Ist. Glatze. Glatze. Alles. klar.

Noch 29 Nächte. Einst. Und viel zu viele Kerle. Auch.

Room. II

Da war der Schleicher. Der alte Knochen. Der mit der Lodenjacke. Stiefeln. Lederhose. Der mit den dünnen, krummen Beinchen. Der. Der einfach nicht begreifen wollte. Dass du nichts von ihm willst. Der immer wieder seine Pfoten zeigte. Sein Gebiss. Dir nachlief. Dich erwartet. Da. Dem hast du gründlich seinen Sack poliert. So nebenher. Und so la la. Was ihn zufrieden stellte. Immerhin.

Noch 28 Nächte. Einst. Und viel zu viele Kerle. Auch.

Room. III

Da war der Dünne. Lange. Schwarze Haare. Bis auf die schmalen Schultern. Oberkörper frei. Der seine tätowierten Arme. Der seine Rippen. Alle Knochen zeigte. Sie zählen konnte. Noch heute spürst du diesen Schwanz. Die krassen. Scharfen. Vogelklauen. Gott. Mörderisch. Wie der dich pflücken. Knacken. Öffnen wollte. Und der nach Jägermeister. Fisch. Und alten, feuchten Socken roch. Dem bist du knapp entkommen. Du. Das war dein Glück. Wirst du dir zweimal, dreimal sagen. Lügner. OK. OK. Das stimmt. Ist wahr.

Noch 27 Nächte. Einst. Und viel zu viele Kerle. Auch.

Fick.

Der hat dich überrumpelt. Früchtchen. Echt. Eingeseift. Denn so wie der, der dir soeben da von hinten an die Backen packt. Dir in den Nacken atmet. Sabbert. Spukt. Dir deinen Kopf verdreht. Damit war wirklich nicht zu rechnen. Der munter lospisst. Keine Frage. Du stehst auf Zungenküsse. Unter Männern. Hengsten. Schafen. Kerlen. Die nichts bedeuten. Dreckig. Spritzen. PEP. Und ohne Zärtlichkeiten. Einfach so. Die dir die helle, grelle Freude machen, dich zu vergessen. Einfach so. Dich zu ergeben. Können. Reine Gier. Nach. Hölle. Zunder. Zauberstäben. Einfach so. Das ist Magie. Marquis. Und nichts. Mein Schatz. Das sagt er dir. Nichts ist dabei. Geschehen. Mama.

Noch 26 Nächte. Einst. Und viel zu viele Kerle. Auch.

Gnom.

Da ist der eine. Den du nie bekommen konntest. Der deine Tränen kennt. Der dich zur Weißglut reitet. Dich hintergeht. Das ist der eine Mann. Der dich besitzt. Und dem du nie gehören wirst.

Du siehst dich an. Du streichelst deine Schenkel. Mit Vergnügen. Du hattest ganz vergessen. Wie durchtrieben du doch bist. Das zieht sich in die Länge. Grausam. Das hält dich lange, lange wach.

Das macht dich wieder munter. Jedermann. Du weißt. Genau. Die Zeit, die blöde Kuh, hat einfach kein Verständnis für die Unbeugsamen. Von heute an. Wirst Glatze, du, Marquis genannt. Von allen. Schafen. Kein Lust. Die deinem neuen Reiz erliegen werden. Folgen müssen. Das muss. Sein.

Noch 25 Nächte. Einst. Und viel zu viele Kerle. Auch.

Mond.

So kaust du Fingernägel. Kauerst in der Ecke. Der war so vielversprechend. Wort. Für. Wort. Der Norden. Süden. Osten. Westen. Die tiefen Wasser. Weiche Luft. Berlin. Berlin. Die Vögel zwitschern. Das ewig Blaue. Einwandfrei.

Ich kann. Ich will. Ich werde mich berühren lassen. So. Irgendwann. So. Irgendwie. Das wird schon werden. PEP. Und ganz bestimmt. Dann Wirst du dich nicht mehr vor dir verstecken. Mein Marquis. Vor dem. Der dir im Nacken sitzt. Dich niederbeugt. Dich niederbrennt. Und bis dahin. Sagst du. Marquis. Marquis. Wie sagtest du. Und. Scheiß drauf. Weiter. Schnüffelst PEP. Und immer wieder. Weg damit. Das ist verrückt. Hier ist der Spaß zu Ende. PEP. Lass mich in Ruhe. Du. Du musst dich sputen. Du. Da ist der Mai. Und was uns bleibt. Ein goldener Oktober. Du. Es schneit zu früh. OK. OK. Zu spät. Für dieses Leben. Ja.

Noch 24 Nächte. Einst. Und viel zu viele Kerle. Auch.

Nadeln.

Das Hörrohr. Hörst du. Es ist gewaltig. Es dringt in deinen Schädel ein. Mach Platz. Für mich. Für dich. Und unsre Liebe. Das Hörrohr wütet. Du. Auch. Unerbittlich. Auch. Unnachahmlich. Auch. Derart. Nüchtern. Du. Und sagenhaft. Der Mond. Mein Mond. Es ist so laut. So hart. So bitterkalt. Mir platzt der Schädel. PEP. Im. Samen. Samen. Sonnenschein.

Ich kann. Ich will mich nicht zusammensetzen. Nie mehr. Mein Freund. Marquis. Marquis. Ich bin so viele. Viel zu viele. So viele sagen mir, sie seien ich. Sie seien dir verfallen. Jedermann. Und diesem Leib. PEP. Diesen Seelen. Schafen. PEP. Zuviel. Zu. Viele. Da. Und. Mitten. Drin. Sie lügen alle. Kiffen. Saufen. Sie reißen sich um. PEP. Zum Glück. Wie ich.

Noch 23 Nächte. Einst. Und viel zu viele Kerle. Auch.

Himmel.

Du. Guter Mond. Mein Freund. Mein Allerliebster. Du siehst mich an. Du siehst mir zu. Ich sehne mich nach deinen Zärtlichkeiten. Nach deinen Händen. Deinen lieben Worten. Mein Aladin. Ich weiß. Ich kann mich nicht von dir berühren lassen. Niemals. Marquis. Das würde mich erneut zerbrechen. Mich zerstreuen. In alle Winde. Lieber Mond. Du siehst mich an. Ich sehe. Dich. Mein Herz. Die Glatze. Glatze. Glatt. Aalglatt. Und. Wie. Gewichst. Und nichts dabei. Verloren. Nichts zu gewinnen. Mein liebster Mond. Du. Immerzu.

Noch 22 Nächte. Einst. Und viel zu viele Kerle. Auch.

Sterne.

Es stimmt. Es bleibt dabei. Es ist der Schmerz. Die Einsamkeit. Ich wiederhole dich. Und darf mich nicht von dir verführen lassen. Und doch sucht meine Hand die Nähe. Nein. Beide Hände. Deine Hand.

Das Hörrohr wütet. Unerbittlich. Sein Schwanz war riesig. Riesig. Unbezähmbar. Und. Diese. Rote. Feste. Fette. Eichel. Marquis. Marquis. Ich weiß. Dass du mich kennst. Dass du mein Herz berühren wirst. In dieser Nacht. Die alles ändern wird.

Noch 21 Nächte. Einst. Und viel zu viele Kerle. Auch.

Du.

Ich will mich nicht berühren lassen. Es ist ein anderer in mir. Ein Fremder. Draußen. Ganz weit weg. Da. Hinter Küssen. Draußen. Sieben Bergen. Und. Sieben Riesen. Der das will. Ich kann es nicht. Marquis. Nein. Nein. Ich kehre meine Einsamkeit zusammen. Und trage sie nach Hause. PEP. Sie nimmt mich mit ins Bett. In ihren Arm. Stellt keine Fragen. Weiter. Mehr. Sie lässt mich schlafen. Dösen. PEP. Und Kiffe. Und. Je nach dem. Und. Sowieso. Was soll's. Was kann. Was wird das daran ändern. Und das ist keine Antwort. Nein.

Noch 20 Nächte. Einst. Und viel zu viele Kerle. Auch.

Peterchen.

Du lieber, lieber guter Mond. Du siehst mir zu. Vom Firmament. Danach. Wenn. Ich. Mich. Nicht. Bewegen. Will. Ganz. Still. Sein. Will. Ganz. Artig. Lieb. Du kennst mich gut. Mein lieber Mond. Doch hilft mir das im Augenblick nicht weiter. Von der Stelle. Ich rieche Blut. Es läuft mir aus der Nase. Mir. Aus den Augenwinkeln. Du. Mein liebes. Rundes. Gutes Mondgesicht. Im Fenster. Draußen. Weiter. Hinten. Hoch über mir. Huscht unter meinen Schmerz. Bestimmt. Und lässt mich nie allein.

Noch 19 Nächte. Einst. Und viel zu viele Kerle. Auch.

Zoll.

Ich kenne dich. Dein Fußabdruck. Ist akten-
kundig. Mir bekannt. Ich will nicht heim. Hier will
ich liegen bleiben. Es ist so kalt. So feucht. Mich.
Rührt. Kein. Wort. Begriff. Der Magen. Schmerzt.
Und diese Schläfen. Und diese Hände. Worte.
Wörter. Leere Stimmen. Und Träume. Die mich
niederflüstern. Die sich in mir verkriechen wollen.
Nur. Diese Nacht. Nur dieses eine Mal. Gib nach.
Sieh weg. O Mama. Mama. Hilf mir. Mama. Bitte.
Bittebitte. Mama. Hör mir zu.

Noch 18 Nächte. Einst. Und viel zu viele Kerle. Auch.

Pass.

Schritte. Stimmen, die sich entfernen. Und wieder näher kommen. Dich erreichen. Nach dir greifen. Und da sind Hände. Plötzlich. Arme. Die dich heben. Tragen. Streicheln. Und liebkosen. Die dich und mich nach einem Namen fragen. Uns bedrängen. Wecker. Wach. Die bleiben wollen. Unbedingt. Gib auf. Lass nach. Ich liebe dich. Dich habe ich beschlossen.

Augen. Zu. Ich tue besser so. Als wäre ich am Ziel. Am Ende meiner Reise. Was immer auch mit mir geschieht. Es soll geschehen. Sein. Vorbei. Dann wird es ruhiger. Fast. Ganz. Still. Mitunter. Dann schließt sich eine Tür. Dahinten. Die. Zum Flur. Zum Fenster. Zu deinem Kinderzimmer. Die. Und nur ein Spalt breit. Nur ein Flüstern. Da im Hof. So reich. So wundersam. Paläste. Treppen. Ungeheuer. Du. Mein. Mond. Mein. Lieber. Guter. Treuer. Mond. Du siehst. Mich. Alles. Doch. Du. Bleibst. Stumm.

Noch 17 Nächte. Einst. Und viel zu viele Kerle. Auch.

Asyl.

Ganz langsam. Nur. Ganz leise. Etwas. Nur einen Türspalt breit. Nur diese Nacht. Ich bitte dich. Und schon bin ich allein. Allein mit dir. Mein. Guter Mond. Und finde mich in mir zurecht. Für ein paar Stunden. Immerhin. Ich werde schlafen. Schlafen. Schweigen. Und kein Wort. Kein Wort. Versprochen. Jemals sagen. Auch nicht zu ihm. Auch nicht zu ihr. Nicht einmal zu mir selbst. Versprochen. Du. Glaub mir. Doch. Kein Wort. Kein Wort. Wird uns verraten. Ich halte dicht. Wir kennen uns. Mein Freund. Versprochen. Du. Wir werden uns nichts schenken. Du und ich.

Das ist der Mai. Das ist mein Glück. Lass los. Mein Freund. Mein Liebling. Du. Erspar mir nichts. Dich will ich lieben. Immer lieben und dich begehren. Mein Marquis. Ich bin die Hölle. PEP. In deiner Hölle. Da ist kein Himmel. PEP. Der. Uns. Was. Nützt.

Noch 16 Nächte. Einst. Und viel zu viele Kerle. Auch.

Botschaft.

Ab jetzt. Mein Freund. Wirst du gefallen müssen. Gefallen wollen. Immerzu. Gefallen finden. Diese Schmerzen. Sie schenken dir ein neues Leben. Ein Recht. Dein Recht. Auf Wirklichkeit. Du bist erwacht. Wirst dich erheben. Laufen. Rennen. Stürzen. Wiederfinden. In diesem Schmerz. Das macht dich aus.

Du baust auf meine Redlichkeit. Und weißt. Zugleich. Ich werde dich betrügen. Die Wahrheit steht sich selbst im Weg. Wie immer. Ja. Wie immer. Du. Das bleibt der Schmerz. Der mich erträgt. Die Lust. Die Not. Die ungebremste Gier. Dein Leib. Dein Körper. Rohes Fleisch. Und all die Zärtlichkeiten. Bettelarm.

Noch 15 Nächte. Einst. Und viel zu viele Kerle. Auch.

GHOST

Denn ihn erschlugen seine eignen Pferde.
- HUGO VON HOFMANNSTHAL, *Elektra*

Nachruf.

Der Pastor lächelt. Breitet seine Arme aus. Er hält dich warm. Mein Schaf. Das hält dich fest. Er schenkt dir einen Apfel. Mädchen. Geh heim. Ich sage dir. Gott sieht dich an. Das ist gewiss. Das steht dir zu. Mein Schäfchen. Du. Das achte ich.

Dir stockt der Atem. Platzt das Herz. So was wie das, das kommt in besten Kreisen vor. Die Sonne, Liebchen. Die scheint nur zum Zeitvertreib. Das mach dir klar. Das schärf dir ein. Und weiter. Schäflein. Weiter nichts.

Wie hattest du gerungen mit den Wörtern. Sie dir zurechtgelegt. Gefädelt. Wo kein Faden war. Auch manche. Böse. Schlimme. Wörter. Du hast sie Nachgeschlagen. Aufgesucht. Und eingesammelt. Es war nicht leicht, die Körperteile zu benennen.

Und auch. Was da. Genau. Exakt. geschah. Noch. schwerer. Deutlich. Schwerer. Zu beschreiben. Weil es geschieht. Im Augenblick. Dich sprachlos hält. Und packt. Noch immer. Täglich. Jederzeit. Die Möglichkeit dazu besteht. Und dich erwarten wird. Kann sein. Wenn du allein mit ihm zu Hause bist. In deinem Bett. In seinen Träumen. Dein Mond. Kein Mond. Kein treuer Kamerad.

Der Apfel fällt dir aus der Hand. Und das ist gut so. Eine Kleinigkeit. Von jetzt an wirst du dich beeilen müssen. Mit dem Vergessen spaßt man nicht. Der Teufel schickt dir ständig, ständig neue

Boten. Schmiedet Ränke. Streut Gerüchte. Der. Und ist. Und. Bleibt. Auf deinen Widerstand gefasst. Der Pfaffe. Schäfchen. Therapeut. Das zahlt sich nämlich für ihn aus. Mein Herz. Und hält dich lange hin. Und macht dich mürbe. Herzlein. Totenblass.

Der Friede. Der vom Himmel schneit. Kommt nie. Zu früh. Kommt nie. Zu spät. Es gibt ihn nicht. Es gab ihn nie. Und weiter. Weiter nichts.

Noch 14 Nächte. Einst. Und viel zu viele Kerle. Auch.

Ich weiß.

Mein Freund. Mein Herz. Das weiß ich alles. Weiß haargenau, was er dir antat. Ist kein Rätsel. In all den Nächten. Keine Frage. Doch dich, mein Licht, trifft keine Schuld.

Mir ist der Ort bekannt. An dem er sich dir aufzwang. Und auch die Zeit. Dein Alter. Deine Jugend. Die er dir damit wegnahm. Stahl. Auch weiß ich, dass du dich sehnst. Nach ihm zurück.

Manchmal. Weil du Gefallen daran fandest. An ihm. Bei ihm. In seinen Armen. So etwas wie Geborgenheit. In all dem Irrsinn. Du. Das weiß ich gut. Das weiß ich alles. Und weiß auch, um deine Geilheit. Dein Vergnügen. Manchmal. Was du empfunden hast. Mit ihm. In dir. Was deine Schuld vertieft. Dein Schamgefühl bedient. Du bleibst entwurzelt. Du. Das wird sich nie mehr bei dir ändern.

Noch 13 Nächte. Einst. Und viel zu viele Kerle. Auch.

Nein.

Das weiß ich alles. Freund. Oh ja. Wir teilen diese Einsamkeit. Und diese Grausamkeiten. Alle. Und, dass sie weg sah. Mama weg sieht. Weil sie es ahnte. Weiß. Und dich damit betrog. Betrügt.

Das weiß ich alles. Alles. Immer wieder. Denn du bist käuflich. Herz. Verkäuflich. Herz. Dein Preis bleibt. Durchschnitt. Mittelmaß. Wie meine Liebe. Nichts als Alltag ist. Denn du bleibst brauchbar. Und. Gewöhnlich. Herz. Und. Hundsgemein. Das rechnest du dir an.

Noch 12 Nächte. Einst. Und viel zu viele Kerle. Auch.

Asthma.

Die Hölle weiß es. Weiß ganz genau, wie sie von deinem Elend profitiert. Sie schlachtet dich. Du bist das Opfer. Und diese Schreie. Schreie. Sie verfolgen mich. Wie deine eignen Schreie. Bis in den Schlaf. Bis in den Keller. Reicht sein Wüten. Dein Versteck. Doch dich, doch dich, mein Herz, mein Liebster, mein Verlangen, nur dich allein trifft keine Schuld.

Noch 11 Nächte. Einst. Und viel zu viele Kerle. Auch.

Blasser.

Du. Bleicher. Blasser Mann. Der mir die Luft zum Atmen raubt. Das ist ein Traum. Vielleicht. Ein böser Alb. Der meinen Namen ruft. Mich kennt. Nur weiß ich nicht, was er mir antat. Schuf. Auch nicht, ob überhaupt etwas geschah. Das bleibt verdunkelt. Sonderbar. Und wird sich nie mehr von dir lösen. Freund. Egal. Wie sehr du dich darum bemühst.

Denn all das, Liebster. Mein. Es liegt im Nebel. Der schweigend über glatte. Wellenlose Fläche zieht. Und. Irgendwie. Da. Irgendwo. Da. Hockt das Monster. Blitzt sein Messer. Da. Es regt sich nichts. Der Traum. Von ihm. Erwartet seine Stunde. Und weiß exakt. Weiß. Immerzu. Wann du bereit sein wirst. Ihn zu empfangen.

Noch 10 Nächte. Einst. Und viel zu viele Kerle. Auch.

Erdbeeren.

Sein Name. Bleicher. Blasser Onkel. Mit blassem Mantel. Bleichem Haar. Er steht hoch über mir. Steht da am Ende meines Bettes. Und meine Schreie. Schreie. Diese Schreie hört kein Mensch. Will kein Mensch hören.

Sie kommen nicht einmal aus mir heraus. Im Halbmond. Mond. Hier. Unter vielen Sternen. Ist die Geborgenheit ein fetter Schwanz. Dein Dildo. Du. Das deine Schwächen kennt. Von Liebe redet. Frisch geölt. Und angewärmt. An Geilheit denkt. An Schmerzen. Und Verrat.

Noch 9 Nächte. Einst. Und viel zu viele Kerle. Auch.

Vorhang.

Und denkst. Was sie wohl denken mag. Was geht ihr durch den hübschen Kopf. Doch, wenn sie wüsste. Was du denkst. In diesem Augenblick. Exakt. Sie würde nicht so selbstzufrieden grinsen. Du nickst. OK. Du lächelst. PEP. Und wunderbar. Dann schlägst du zu. Die Faust geballt. Sie trifft. Und trifft. Und trifft. Mama. Das stinkt. Gewaltig. Je nach dem. Und keine Ahnung. Blasser Schrei.

Noch 8 Nächte. Einst. Und viel zu viele Kerle. Auch.

Ich. I

Und tiefer, tiefer in den Wald hinein. Es pocht. Das Herz. Die nackte. Scheue. Brust. Es ist die Faust. Nicht meine Hand. Die nackte Brust. Ich weiß. Ich weiß. Du pochst mein Herz. Und pochst. Und pochst. Und pochst. Und pochst. Das lässt du dir nicht rauben. Nie. Das alles ist. Und bleibt geheim. Ein blasses Rätsel. Zwischen uns. Das. Du-in-mir. Das. Ich-in-dir. Auch du. Lässt mich damit allein.

Noch 7 Nächte. Einst. Und viel zu viele Kerle. Auch.

Ich. II

Schon gut. Schon gut. Wie dünn du bist. Schon gut. Bist Haut und Knochen. PEP. Schon gut. OK. Du fasst dich an. Der Speck. Die Angst. Die Lust. Muss weg. Muss runter. Herzchen. Wiedermal. Die Glatze weiß. Weiß, was sie will. Nur sie allein. Schon gut. Schon gut. Der Speck muss weg. All das muss weg. Mit-dir-und-mir. Muss weg. Muss runter. Ab. Und gut. Ein anderer. Marquis. Muss her. Schon gut. Was soll's. Das habe ich gewollt.

Noch 6 Nächte, Einst. Und viel zu viele Kerle. Auch.

Konditionen. I

Mir einen blasen lassen 70,- €. Für 140 blase ich.
Und küsse niemals Männer. Lippen. Und lecke
Zehen. Füße. Was auch immer. Doch kostet dich
das mehr. In etwa 50,- €. So. So. Also. So. So. Je
nachdem. Schon gut. Mein Freund. Du willst
mich so. Die Möglichkeit besteht.

Und lass mich an der Leine führen. Schon gut.
OK. Was soll's. Ich fresse aus dem Napf. Vor dir.
Doch wirst du dafür tiefer in die Tasche greifen
müssen. Mein Dichter. Schöpfer. Mein Poet. Mich
für die ganze Nacht bezahlen. Müssen. Da sind
400,- € fällig. Und. Je nachdem. Schon gut. OK.
Was soll's. Die Möglichkeit besteht.

Noch 5 Nächte. Einst. Und viel zu viele Kerle. Auch.

Konditionen. II

Schon gut. OK. Auch Sonderwünsche können wir besprechen. Freund. Ich rauche. Trinke. Nehme Drogen. Aller Art. Doch wirst du sie spendieren müssen. Ganz ohne Murren. Und. Je nachdem. Wir kommen ins Geschäft. So. So. Wir kennen keine Langeweile. Schon gut. Schon gut. Die Möglichkeit besteht. Versprochen. Henker. Also. Je nachdem. Schon gut. Bin ich dabei. Phantom. Poet. Erzähler. Wie du willst. Da mache ich nicht mit. Du schreibst mir deine Fantasien auf den Leib. Das bleibt dein Recht. Das kotzt mich an. Du lutscht mich aus. Schon gut. Schon gut. Das kenne ich. Du stößt mich weg. OK.

Die Sterne funkeln. Hoch über dir. So weit. So schön. So bitterkalt. Der freie Himmel ist dein neues Bett. Du denkst. Das Schlechteste. Hol ich aus dem. Aus jedem. Raus. Das tröstet dich. So je nachdem. Was deinen Reiz. Schon gut. Verstärkt. Das kenne ich. Du frisst mir aus der Hand.

Noch 4 Nächte. Einst. Und viel zu viele Kerle. Auch.

Email.

Will nur noch eines. Will mich erniedrigen vor Dir. Und Deiner Arroganz. Und dieser Überheblichkeit. Will Dir auch alles glauben. Jedes Wort. Und alles nehmen. Was Du mir schenkst. Und antust. Und all mein Schmerz. Verwandelt sich in Lust. In sagenhafte Grausamkeit.

Du bist. Du schaffst. Die Wüste. Leere. Die da so hoffnungslos und wimmernd auf ihren Knien, allein in diesem Zimmer, um Deine Hände ringt. Und fleht. Und bittet. Sich jammernd nach Dir sehnt. Und davon träumt. Wie Dich das fremde Fleisch befriedigt. Und Du mich keines Blickes dabei würdigst.

Das ist der wahre Rausch. Zu wissen. Dass Du mich nicht willst. Nicht brauchst. Verabscheust. Längst vergessen hast. In diesem Augenblick. Wo ich nichts Besseres mit mir anzufangen weiß. Als Dich, den Teufel, der mich reitet, quält, zu überfallen. Aufzuscheuchen.

Denn Du bist. Du bleibst. Exakt mein Typ. Der eine Mann. Für mich. Für Deinen Sklaven. Du. Mein Leben. Meister. Herz. Um. Herz. Das sage ich. Und glaube fest daran.

Die Leichtmatrosen. Da. Die. Mit den hübschen, braven, weißen Mützchen. Und. Die. Da. Glotzen. Lauernd an der Reling lungern. Die. Frühmorgens pfeifen. Mich umschmeicheln. Und spätabends klopfen. Mir meine gute Nacht. Zur Hölle machen. Mit ihrem Nachgeplapper. Ihren Possen. Und all dem vorverdauten Brei. Die alles auszuschlachten wissen. Mich hofieren. Mich bestehlen. Und jedes Wort. Wie selbstverständlich. Für ihre faulen, seichten Zwecke. Hinzubiegen wissen. Oh ja. Ich hasse sie. Die treuen, dreisten Winkeladvokaten. Die nichts von dem. Was sie dir glauben. Sagen. Werden. Und nie in die Hände nehmen. Würden. Den ganzen Dreck. Der meine Lippen würzt. Und meinen Schwanz. Das schlaffe, blöde, alte Ding. In Wallung bring. Erhitzt. Ich hasse sie. Die falschen Blüten. Leck-mich-Schnecken. Das tat ich immer. Herr. Und weiß es erst. Seitdem Du. Meister. Mich verstoßen. Mein ganzes Tun so hemmungslos belächelt hast.

So lass mich lügen. Winseln. Gieren. Geifern. Herr. Will mich von Deinen stolzen, hohen Lügen fesseln lassen. Denn sie sind wahr. Und klar. Und rein. Verlogen. So wie Dein Schweigen. Trügt. Will mich in meiner Lust nach Dir ersäufen. Herr. Nach deinem Leib. Und Deiner Seele. Will mich vergessen. Mich vergeuden. Mich verleugnen. Und einzig. Deine. Holden Füße. Küssen. Und zwar. Meisterlich. Und all das. Pronto. Herr. Und. Das. heißt: Jetzt.

Noch 3 Nächte. Einst. Und viel zu viele Kerle. Auch.

Anzeige.

Du blickst zurück. Die vielen, langen Jahre. Nur Bombentrichter. Trümmerfeld. Du weißt kaum mehr, was gestern war. Geschweige denn. Du sagst, verschwinde. Schweigst. Denn diese Sache. Du. Sie gibt dich nie mehr her.

Sagst du, das Wort hat Konsequenzen. Mona Lisa. Das bist nicht du. Das sagt der Gnom. Der alte Gnom in dir. Mein Freund. Es ist die Wut auf dich. Die da im Sessel vor mir lächelt. Es ist das Ungeheuer. Ist die Furcht vor mir, die aus dir spricht. Mich fordert. Schlägt. Verbannt. Doch. Dich trifft keine Schuld.

Sie sagt, die Mama sagt, wenn ich nicht artig bin. Herr Pastor. Dann packt sie mich zu ihm ins Bett. Ich habe Angst. Herr Pastor. Fürchte mich. Sagt der. Sei ruhig. Bleib ruhig, mein Kind. Der Apfel. Du. Der fällt. Nicht weit. Vom Stamm.

Du lügst. Du lügst. Du lügst mich an. Du sagst. Ich hatte noch nie Sex mit einem Mann. Die Uhr. Die Uhr. Die Uhr an seinem Handgelenk. Du hörst sie ticken. Tick. Tack. Tick. Die Uhr. Die Uhr. Die Uhr an deinem Handgelenk. Sie hörst du ticken. Meckie. Meck. Ein Glockenschlag. Sonst hörst du nichts. Und das ist ehrlich. Wundervoll.

Noch 2 Nächte. Einst. Und viel zu viele Kerle. Auch.

Zitat.

Dann. Ritzt du dich. Mein Herz. Schon gut. Bist wie besessen. Ja. OK. Die Unterarme. Rechts und links. Und diese Oberschenkel. Gut. Schon gut. So. Hundsgemein. Und mit der Zirkelspitze. Haut. Um. Haut. Die fremde Haut. Die seine Haut war. Ihm gehörte. Was du da ritzt. Du siehst. Das Blut. Die feinen, dünnen Striche. Ja. Schon gut. Schon gut. Ich werde hungern. Müssen. Wollen. Noch lange nach mir hungern. Dürfen. Und auch nach dir. Denn hier ist nichts. Mein Kind. Mein Freund. Schon gut. Ist nichts geschehen. Das ist dein Einst. Das redest du mir ein. Du bist der Teufel. Demagoge. Ich werde hungern. Lange hungern. Müssen. Ich ritze. Presse. Wüte. PEP. Dich stech ich ab. Ich trink dein Blut. Schon gut. Schon gut. Erst dann. Danach bin ich befreit. Befreit von mir. OK. Du sagst. Schon seinerzeit. Schon im Café. Hör zu. Nun wirst du dich daran erinnern. Freund. Du sagst. Das sagte ich am ersten Tag. *Dir werde ich beim Sterben in die Augen schauen. Alter Mann.* Das habe ich gesagt. Getan. Die Uhr. Die Uhr in meinem Kopf. An seinem Handgelenk. Schon gut. Tick. Tack. Mein Damokles. Mein Tunicht-recht. Mein Synonym. *Das habe ich gewollt.* Schon gut. OK. Mein Herz. Denn es ist. Mai. In diesem. Mai. Geschenkt. Vorüber. Aus. Vorbei.

Doch einmal. Werden. Wir. Noch wach.

ADVENT

Hurra! Die Toten reiten schnell!

- GOTTFRIED AUGUST BÜRGER

Lenore

In diesem Mai. Ich will. Ich kann. Ich muss mein Herz verlieren. Und niemals. Niemals wiederfinden. Du. In diesem Mai. Und keine Worte jemals wiederfinden. Die Suche hat mich krank gemacht. In diesem Mai will ich dem Tag ein Ende setzen. Sonnenschein. Ich bin der Kerl, der sein Versprechen hält. Und Du mein Mann. Die Nacht. Die mir entgegenströmt. Mich mitreißt. Sich an meine Schulter lehnt. Sie sieht uns zu. Die Alte. Schrulle Hoffnung. Sie hängt im Fenster. Nimmersatt. Und schwitzt. Und glotzt. Und rollt die großen, trüben Augen. Da. Sie kriegt ihr blödes Affenmaul nicht zu. Egal. Egal. Ich bin der Mai. Du lässt die Leinen los. TT. Ich bin das Segel, das sich bläht. So wechseln wir die Seiten. Stecher. Rollenspiele. So bleiben wir ein Paar. Das funzt. Das flutscht. Dich werde ich verbannen. Tunichtgut. So wie Du mich erledigst. Wegschickst. Abhakst. Kommen wir zum Schuss. Und küssen uns. Und streicheln zärtlich unsere Wangen. In diesem Mai. In diesem Augenblick. Du musst. Du kannst. Du wirst den Kopf verlieren. Kein Traum zu viel. Oh nein. Kein Blick zu weit. Kein Wunsch zu tief. Kein Nimmermehr. So treten wir die alte Leier tot. Und Rücksicht, Bursche, kann mich mal. Von hinten. Vorne. Und zwar so was von. Komm her. Gib nach. Ich bin bereit. Dazu. Bin aller Mühen wert. Blabla. Es ist nicht Deine Last. Phantom. Es ist auch nicht die meine. Herz. Was weiß ich schon davon.

Dusel.

Da bist du. Endlich. Endlich. Endlich. Ich höre Schritte auf dem Flur. Den Gang entlang. Die mir bekannt sind. Mich erwarten. Näher kommen. So halte still. Mein Herz. Wart ab. Und lausch. Mein Herz. Sie gehen nicht vorbei. Gewiss. Die Schritte. Schritt. Für. Schritt. Ein leises Klopfen. Dann. Dein Zögern. Schlagen. Hämmern. Dann.

Ich parfümiere mich. Zur Sicherheit. Ich prüfe meinen Atem. Flugs. Zur Sicherheit. Man weiß ja nie. Und öffne schließlich diese Tür. Mein Herz. Die Eine. Letzte. Die mir bleibt. Wie du nur pochst. Mein Herz. Wie du noch heftig schlagen kannst. Da rührt. Da tut. Bewegt sich was. Im Schritt. Im Schnitt. Und zwar. Oh je. Gewaltig. Was. Mein Mehr-und-immer-öfter. Das. Mein Innig-einzig-ewig. Du. Mein Nimmersatt. Mein Schnitter. Freund. Mein Bruder. Schmerz. Schon gut. All das. Das habe ich gedacht. All das. Gesagt, geschrieben und getan. All das. Wir lassen uns nicht los.

Und. Kiffe. Wodka. Weißer Rauch. Und Liebe. Sowieso.

Sprachlos.

Die Masken fallen. Messerscharf. Denn. Du. Und. Ich. Und. Ich. Und. Du. Allein. Mein Freund. Erkennen uns. Auch ich bin dir das Uferlose. Die Weite. Herrisch grüne See. So wie du mir. Denn. Es ist Mai. Mein Herz. Mein Hirngespinst. Mein schlimmster Alb. Nach Mitternacht. Mir stockt das Blut. In dieser Nacht. Gerinnt das Blut. Nach Mitternacht. Schon gut. Schon gut. Das habe ich. Gewusst. Erahnt. Herbeigesehnt. Das nenne ich. Ein Happy End. OK. OK. Schon gut. Schon gut. Ertappt. Mein Bräutgam bist du nicht.

Gib auf. Poet. *Lass nach. Dem wirst du nicht entrinnen.*

-.

Schon gut. Mein Freund. Das stimmt. Oh ja. Die
Toten. Toten. Menschenskind. Die reiten. Reiten.
Richtig. Schnell. Das muss man dir schon lassen.
Echt. Und überlassen. Allzu gern. Mein Schatz.
Mein Herz. Mein Gib-dich-her. Mein Stoß-mich-
weg. Mein Fick-mich-durch. Schon gut. Schon
gut. Es ist vollbracht. Mehr, Schwuchtel, du,
mehr ist nicht drin. Für uns. Die wir dem Himmel
Hölle machen. Und donnern helfen. Keine Wahl.
Und keine Zeit. Was das betrifft. Und nie gewollt.
Schon gut. Schon gut. Und. Eins. Zwei. Drei. Im
Sauseschritt. Und. Vier. Fünf. Sechs. Und. Sex.

Kein Kommentar. Adé!

DA CAPO

Du aber sitzt an deinem Fenster und
erträumst sie dir, wenn der Abend kommt.

- FRANZ KAFKA
Eine kaiserliche Botschaft

Köln-Berlin.

Dir muss ich nichts erklären. Freund. Ich stehe fest zu meinem Wort. Es ist nicht Deine Schuld. Du hast mir Deinen Standpunkt, Freund. Ich bin nicht schwul. Und mehr als einmal. Deutlich klar gemacht. Ich bin nicht schwul. Du schwule Sau. Das redest Du mir ein. Ich weiß. Ich weiß. Das weiß ich doch. Es ist nicht Deine Schuld.

Und mein Gewissen träumt. Da regt sich was. Da regt sich nichts. Ich brauche Zeit. Sie hält dem Ansturm stand. Wir teilen die Vergangenheit. Sie wird uns kaum aus ihrem Bann entlassen. Im Gegenteil. Sie brüstet sich mit uns. In schweren Stunden. Sucht sie uns heim. Die Tat. Besteht auf Tränen. Nein. Es ist nicht Deine Schuld.

Hände.

Ich weiß es nicht. Es ist gut möglich. Vielleicht hat er mich angefasst. Da ist der Traum. Der mich beschäftigt. Doch alle schweigen. Die es wissen konnten. Mussten. Sollten. Sie sind inzwischen tot. Sie wollen nichts mehr von mir wissen. Ich suche. Suche immer noch. Das ist fatal. Ich weiß. Und sinnlos. Es findet sich kein Zeichen. Anhaltspunkt. Ich kenne nicht einmal Gerüchte. Nur diesen blassen, bleichen Mann. Der mich begleitet. Mich beäugt. Der meine Schreie unterdrückt. Ich bin allein. Mit dieser Frage. Mit dieser Fantasie. Mit den Dämonen. Die mich treiben. Und werde damit leben müssen. Freund. Die Antwort. Die Entschiedenheit. Die ich ersehne. Sie stinkt nicht einmal mehr. Sie hat sich längst verpisst.

Ich bin ein Schwuler. Schwuler. Unter Schwulen. Mein ganzes Leben ist der Mai. Ich lecke mir den Erdbeersaft von meinen Fingern. Deinen Pfoten. Kein Zucker. Herzchen. Zuckersüß.

Kraftrad.

Nun mach Dir keinen Kopf. Du bist so viele. So ungeheuer viele. Das fasziniert mich. Freund. Dein Innenleben macht mich reich. Ich achte. Ja. Ich respektiere Dich. Ich nehme jedes Wort, dass Du mir schenkst, als Deine Wahrheit hin. Und halte mich daran. Ich widerspreche nur, falls Du mich nervst. Auch ich bin schließlich viele. Viele. Richtig viele. Die in mir stecken. Du. Die ihre Wahrheit haben. Alle. Alle. Das ist der reinste Wahnsinn. Mensch. Wir leben. Lieben. Atmen. Fressen. Vögeln. ‚Ein Jeder stirbt für sich allein.‘ Wie meine gute Oma mir verriet. Sie mochte die Kalendersprüche. Kurz & knackig. Immerzu. So. So. Und ganz bestimmt nicht anders. Träumer. So lassen wir die Katze aus dem Sack.

Elektra.

Jetzt. Kann ich schlafen. Endlich schlafen. Da ist kein Laut. Da ist kein Wort. Das mir die Nacht, die lange Nacht zur Hölle macht. Mich hintergeht. Mich vorführt. Mich verwechselt. Mir entgleitet. Ich werde schlafen. Schlafen können. Endlich. Diese Nacht. Da ist kein Anton Reiser mehr. Und kein Orest. Und auch kein Mann. Mit großen, grünen Augen. Mehr. Der mich erlösen müsste. Mein Phantom. Da ist kein Schmerz. Und keine Zukunft mehr, die uns verpflichtet. Mich zum Diener macht. Mir die Vergangenheit verkauft. Als wäre sie für Dich allein geschaffen. Das ist nicht wahr. Ich schulde keinem Namen eine Antwort. Das ist geschehen. Und alles, was ich wissen musste. Ich bin. Das reicht. Ich werde schlafen können. Schlafen. Endlich. Schweigen. Und dem Erwachen. Dem Erleben. Ganz ohne Furcht entgegenfließen. Das ist mein Ding. Das musste sein. Das musste ausgesprochen werden. Jetzt.

Vögel.

Und das gelobte Land. Wie Schnee. Wie Lava. Deine Lippen. Es ist die Botschaft eines Toten. Milch & Honig. Da im Wind. Unsagbar fern. Das Blatt kennt keinen Namen. Weck mich nicht auf. Noch nicht. Die weite Reise. Sie war schön. Kein Wunder. Du. Sie hat mich müd gemacht. Ich bin erschöpft. Erschlagen. Leer. Die stummen. Vielen. Rätselhaften Treppen, Höfe und Paläste. Freies Feld. Noch tappe ich im Dunklen. So wie das Schlagen Deiner Fäuste. Mach Dir nichts vor. Ich will den Tag nicht mehr heraufbeschwören. Müssen. Weiter. Träumen. Nach Dir Ausschau halten. Weck mich nicht auf. Ich bitte dich. Rühr mich nicht an. Noch nicht. Es ist so früh. Und all die Untertanen, Gaffer, Leugner, die mich brennen sehen. Weinen. Sie werden ihre Augen vor dem Glück verschließen. Uns. So hell. So hell. Ich fürchte mich. Du bist. Mein erster Kuss. Das ist ein gutes Zeichen. Wirklich. Erde. Weck mich nicht auf. Erzähl mir nichts. Noch nicht. Noch bin ich wach. Ich weiß. Hellwach. Die ganze Zeit. So lange wach. Weck mich nicht auf. Ich bitte Dich. Noch nicht.

Ölblatt.

Die Dichte. Grüne. Hecke. Messerscharf. Da schneidet jemand rohes Fleisch. Im Garten. Hinten. Weiter unten. Da. Wo das Schlupfloch ist. Das Süße. Weiche. Sonnenlicht. Das niemand kennt. Das mir allein gehört. Es sind die Hände. Finger meiner Mutter. Sind mit sich selbst beschäftigt. Träumen. Sinnen. Fassen nach. Es ist der Saft. Das Rote. Kieselsteine. Und Schiffe. Viele Segel. Dort am Horizont. Kein Vater. Nirgends. Weit & breit. Nur Sand. Und Wellen. Quallen. Krabben. Und Silben. Wörter. Die vorüberfliegen. In diesem Himmel. Dieser blauen Nähe. Erdbeeren. Salz. Und satte Wolken. Sie rufen. Meinen Namen. Dich. Die Tauben. Möwen. Hirngespinste. Kalk. Schilf. Und Gras. Und die Lizenz zu töten. Wecker. Dein Ton hat sich geändert. Wecker. Undenkbar. Wecker. Wecker. Wecker. Nur noch ein bisschen. Nur noch ein Viertelstündchen. Wecker. Ich muss. Mich überraschen lassen. Muss. Siegen. Schlüpfen. Häute mich. Weg mit dem Ei. Dem Dunst. Der Schale. Ich atme. Tiefer. Wecker. Tiefer. Als je zuvor. Mein Herz.

Alchemie.

Das ist. Schon allerhand. Gewesen. Doch immerhin. Du hast mich. Ausgehalten. Und das bleibt. Wahr. Und das ist. Mehr. Als wir von uns erwartet. Hatten. Auch ich. War Dir ein Zeuge. Freund. Dein Spiegelbild. Im Schatten. Dort. Hielt meine. Hand. Auch gegen Deinen. Willen. Dich habe ich. Niemals. Berührt. So wie die andren. Die ich fraß. So im Vorüber. Achtlos. Nebenher. Kein Wort. Davon. Du hast mir nichts. Erspart. Wir gaben uns die Blöße. Und die Phantome. Rücksichtslos. Wir ließen alle Hunde von der Leine. Und das ist nur. Gerecht. Das bleibt. Wie all die Flüche. Die wir uns in die Ohren. Jagten. Und kein Geschenk. Mein Herz. Nicht einmal eine Ansichtskarte. Wir lassen nichts. Zurück. Auf unsren Reisen. Die Spur verliert. Sich. Uns. Und das ist gut. Denn was die Zukunft. Bringt. Wird uns nicht mehr. Entzweien. Können. Ich warte ab. Indem ich mich. Bewege. Das ist der Ort. An dem Du mir begegnen. Wirst. Und kein. Vielleicht. Und kein. Das-war-schon-immer-so. Ich nehme meinen. Namen. Aus Deiner. Hand. Allein. Nur so. Wirst Du mich. Halten. Können. Und Dir. Vergeben. Dürfen. Das ist mein. Wunsch. Das ist mein. Wille. Mein Unbedingt. Wir werden. Neue Wege. Finden. Die alten Regeln. Taugen. Nichts. Du bist. Mein Muss. Das Blatt. Das eine. Das sie in ihrem Schnabel. Trägt. Und. Schafe. Zählen. Hüten. Nimmermehr. Und keine Stunde. Weiter.

Träumen. Auf Gnade. Hoffen. Kriechen. Nimmermehr. Es ist soweit. So weit. Schlag zu. Du bist. Du bleibst. Vollendet. Nimmersatt. Und keine Pflaster. Freund. Ich brauche Salz. Für meine Wunde. Ich wähle. Dich. Und gratuliere Dir. Dazu.

Und wenn sie nicht gestorben sind. Dann fluchen sie noch heute: URANIST.

Und. Wag es nicht. Zu widersprechen, Pseudonym.

Inhalt

.

.

.

.

.

.

.

.

.

.

.

.

.

.

,

Peter R. Pollmann
Die Aladin-Trilogie

Bravo! Mein Aladin.
Eine Liebesgeschichte. Echt *schwul.*

Prosa – 134 Seiten
ISBN: 9783755794974
Books on Demand

Davor. Ist. Immer. Schöner.
Schwule Häppchen für *Heteros.*

Prosa – 206 Seiten
ISBN: 9783754360736
Books on Demand

Dornröschen hat Hunger.
Der Krimi bleibt. Schwul.

Prosa – 162 Seiten
ISBN: 9783755799443
Books on Demand

Weitere Veröffentlichungen
bei Books on Demand

28.11.2019

Freiers Gesichte

Lyrik – 76 Seiten

ISBN: 9783750420151

18.02.2020

Mollys Ausbruch

Lyrik – 88 Seiten

ISBN: 9783752877397

12.05.2020

Schnitters Fick

Lyrik – 96 Seiten

ISBN: 9783751930826

Internet:

https://peterpollmannrezitator.de